尺寸

千里远景，如在尺寸之间。

奇枝怪叶

中国志怪故事集

宋耀珍 著

中国工人出版社

目录

木匠葛由

木匠葛由四十出头，一张脸永远挂着微笑。葛家庄上百户人家，多半姓葛，这多半人家的木匠活就都落在葛由的身上。日常用的桌椅板凳，盖新房时用的门窗，结婚用的婚床、箱子等家具，运送庄稼的牛车、马车，一年里几乎没有休息的时候，但他总是笑眯眯的，从不喊苦喊累。

冬天到了，葛由的活并不见减少。一天，村里的人发现，葛木匠的院门旁的木柱子上，挂出了一则写在薄木板上的告示，告示写道："乡亲们，本人得了怪病，从此暂不接活，也望乡亲们莫来探视，待本人静养数日，病愈后再为乡亲们干活。"

葛由一直单身，从十八岁开始就有人上门说媒，他一概拒绝。后来被拒绝的次数多了，大家就习惯了他一个人的生活。因此，葛由称病闭门不出，大家也不觉奇怪，只是逐渐把活计移到别的木匠那里，时间一长，村里人几乎忘记了他的存在。

葛由一个人待在屋子里，既没有什么病也没有闲着。

那天上午，他干活累了，就坐在一把圈椅上，随手取一块边角料刻了一只巴掌大的小羊。他把小羊摆在工具桌上，越看越是喜欢。这时候，有一个人进了院子，绕到他的前面。他出于礼节，准备站起身来，但奇怪的是他的身体沉重得像一块石头，任他怎么努力也是白费力气。

“先生就坐着吧。”来人客气地说。

“先生？我是一个木匠，可不是什么先生。”葛由连连摆手。

“先生不必谦虚，您的木工技艺已经炉火纯青，该离开这里了。”来人恭敬地说。

“什么？”葛由几次想站起来都做不到，心里有些恼火。

“您试着对这只小羊吹一口气。”来人伸手指指。

葛由对着小羊吹了一口气，气流像一团雾瞬间把小羊包裹起来。雾气转眼散去，小羊显露出来。只见小羊竟然“咩”地叫了一声，接着从桌子上跳到了地面。

“这只羊我带走了。”来人弯腰把小羊捧起来，像捧着一只小鸟。“先生您需要辛苦一段日子，给村里每户人家留下一头牛、一匹马和一只羊，然后就可以离开了。”

来人离开院子，葛由身体一阵轻松，他站了起来追出去，却再也不见那人的身影。

第二天，葛由家的院门柱上就挂出了“称病谢客”的告示牌。

三个月后的一天，天开始降雪，连续下了三天三夜，大雪把葛家庄埋了起来。第四天，天一放晴，村民们赶紧趁着雪未彻底融化，把雪块运送到村外的庄稼地里。村民们忙碌了一天后，回到自家院子，大家惊喜地发现，院子里多了一头牛、一匹马和一只羊。村民们奔走相告，发现每家每户都是如此。

这时，有人想起了葛由，急忙跑去看他，却不料怎么也找不到他家的院子。

“一场大雪连人带房子都融化了。”

葛由家的原址上聚集了很多村民，其中不知谁说了一句。

兄 弟

王子乔年少貌美，虽贵为太子，却无心权政，迷于成仙道术。功夫不负有心人，几年过去，王子乔已法术了得。

王子乔身旁围着几个同龄少年，其中有一个叫崔文子，长得文弱，看上去一阵风就能吹走。这天，崔文子一个人在庭院里练剑。突然，一道白光飘来，立在离他一米开外的地方，白光中浮着一方黄色纸盒。崔文子一时惊慌失措，挺剑就刺。只听“哎哟”一声惨叫，白光化作一道血气，冲向天际，黄色纸盒也应声落地。崔文子急忙蹲身查看，纸盒里的药草散落一地，旁边掉着两只布鞋，崔文子认得那是王子乔的鞋子。他顿时猜到，刚才是王子乔化作白光，特意给他送来仙药，以助他增加功力。

崔文子悲恸欲绝，把王子乔的鞋子置于床头，每日泪眼婆娑、后悔不已。这天，他发现王子乔的鞋子有些异样，赶忙擦干眼泪，定睛观察。只见那两只鞋子突然相互靠拢，鞋尖抵在一起，立成三角状，接着，鞋尖部分变作鸟头，鞋身化作翅膀。崔文子惊诧之际，这只鸟已打开翅膀，穿过敞开的屋门，向院子飞去。崔文子跟出来，离开屋子的鸟变得更加硕大，翅膀扇动时，崔文子能感觉到阵阵风力。大鸟在院子上空盘旋了几圈后，奋力向高处飞去。

崔文子在院子里呆立了一刻，突然似有所悟，转身回屋。

崔文子从屋子里出来时，仿佛变了一个人。他一身青色布衣，干净利落，身背长剑，剑柄露出肩头，短穗下垂，脸上也荡尽了原先的晦色，换作一脸的凝重与成熟。

正是夏日的黄昏，崔文子关好院门，牵上马匹走向天涯。

音乐家琴高

青年琴高是一位音乐家，擅长击鼓与弹琴。他击鼓，百兽就踩着鼓点跳舞，他弹琴，百鸟就和着琴声唱歌。但是，无论他击鼓还是弹琴，水里的鱼却置若罔闻、不为所动。这让音乐家琴高伤透了脑筋！

有人指点他，说，是水妨碍了声音的传播，鱼根本就听不见水外的任何声音，解决了这个问题，鱼说不准会踩着鼓点唱歌呢。

琴高是聪明人，明白这是个短时间解决不了的问题。于是，他扔掉鼓琴，云游四方，拜师学习仙术。

几年后，他回到故里，以前跟他学习鼓琴的弟子闻风而至。一时间，杂草丛生的院子里热闹非凡。

一位白发老者挤到前来，说，你回来的真是时候，明天儿子大婚，正好鼓琴贺之。琴高忙答道，好说，好说，不过咱们在大河上鼓琴吧！

第二天一早，河岸上就聚集了上千人。只见琴高一袭长衫，在河风中恍若仙人。他缓缓步入水中，如履平地，一会儿，河水没过他的头顶。河岸上鸦雀无声。

突然，从水中隐隐传出鼓声，平静的河面如风中的布匹一样抖动起来，紧接着，好像子弹穿透布面，上万条红色的鲤鱼从水中跃出。鼓点或急或缓，红鲤鱼就或高或低。早晨的阳光毫无遮拦地洒向河面，白色的水花、红色的鲤鱼，把河面装点得美轮美奂。

后来，音乐家琴高活了二百余岁，他沿着大河为两岸人民做了上万场演出。

铁匠陶安公

在六安城内，有一家铁匠铺。铁匠陶安公为人谦和，城内城外农人用的农具，几乎全部出自他的手。遇到天旱或水涝年份，陶安公便主动让有困难的农人赊账，却从不记录赊账农人的名字。

这天，陶安公准备锻造一架超大的犁铧。他刚在焰火上添几根粗壮的柴火，不料，焰火突然向上窜起，竟然高过屋顶，变作一根火柱直捅天际。陶安公立即取来工具想抽掉柴火，但火势太大无法靠近。他赶紧跪在地上，合掌向神明祷告。

不一会儿，他感觉火势渐小。睁开眼睛，见一只雄鹰大小的朱雀，羽毛艳丽，神态端庄，站在已经恢复正常的火焰上。火焰或高或低，朱雀却不为所动。

“你闯祸了，刚才把天宫烧穿了一个窟窿！”朱雀说。

陶安公满脸愧色，却无言以对。

“这样吧，天宫正缺少你这样的铁匠，你安顿好人间的事，明天一早会有一条龙来接你走。”

“可是，我家里还有老小，还有许多农具没有打好，他们都急等着用呢！”陶安公辩道。

“我只是来传令的，你还是早点准备吧。”朱雀说完，展翅离去。

是夜，铁匠铺灯火通明，锻打农具的声音响了一夜。几乎全城的人都围着铁匠铺，跪在地上祈祷上天开恩，不要带走铁匠陶安公。

但是，天宫也缺少好铁匠。铁匠陶安公被龙带走后，六安城城内城外的庄稼几十年没有好收成。

刘安淮南操

刘安是皇帝的儿子，风流倜傥，学富五车，做皇帝的父亲认为他不是管理天下的料，就封他为淮南王，任他闲云野鹤、逍遥自在。有了皇帝父亲的允准，刘安大兴土木，盖得豪华宫殿，又四处招揽门客术士，一时间，刘安身旁异人如云，过的真正是神仙日子。

这天，刘安和门客们坐在大厅里，大家都是二十出头的青年，正为老子“无为而为”的哲学思想争论得面红耳赤。突然，仆人来报：“小王爷，门外有八个老头求见。”

刘安一听“老头”两字，不耐烦地挥挥手，“为难为难他们，让他们知趣地离开！”

仆人“诺”上一声，退到大门外。大门外台阶下，八位老者形态各异，但都垂手仰头，脸上是期待的神色。

仆人十四五岁年纪，他抱拳，声音高而尖，“呔，各位，我们小王爷喜欢青春不老之术，看你们老态龙钟，显然不懂此术，依我之见你们就请回吧，免得自讨无趣！”

八位老者没有辩解，相互瞧瞧后，舞蹈一般跳跃起来，衣袂翻飞之间变作了八个翩翩少年，个个青春勃然。

“如何？”他们停止动作，齐声向少年仆人问道。

少年仆人连忙反身禀报。刘安知道是高人来访，兴致陡升。

不一会儿，庭院里摆好茶席，坐满各色异人，仿佛人间仙境。

刘安一身白衣，黑发披肩，端坐庭院中央的高台之上，前面是一架古琴。刘安一边弹琴一边唱道：

明净的天空，看上去空无一物，
那是因为我们肉眼凡胎。
无垠的天空，布满官殿和街道，
少年少女来来往往，嬉戏欢笑。

我身在大地，心向往之，
我心向往之，力不从心。
上天知晓我心，派来八公，
助我长出翅膀即刻飞翔。

离开大地，翱翔在天空，

我们是飞翔的活泼少年。

在北斗七星间停留片刻，

我们已经看到天上的宫殿。

一曲唱完，庭院里只留余音，刘安和八个少年消失了。人们惊讶得抬头望向天空，正如刘安在歌中唱的：明净的天空，看上去空无一物。

（**小注**：刘安即兴创作的这首歌曲，被当时在座的一位音乐家记录下来，一直传到今天，就是著名的古琴曲《少年淮南操》，简称《淮南操》。）

飞　鞋

汉时，学习法术成为时尚，人人都学，包括政府官吏。

叶县，离帝都长安近千里，在当时即使骑上快马、换马不换人，没有两天工夫也到不了。叶县县令王乔从小在帝都长大，虽身为叶县县令，却不习惯叶县的生活，他在叶县待上几日就要溜回长安。

这事传到了年轻皇帝的耳朵，他问太史："王乔这小子懂哪门子法术，听人说，他在长安和叶县之间，来来去去却不见乘车骑马。"太史知道，皇帝对各种法术颇有兴趣，况且，王乔曾在皇帝身边待过，却也没见他学过什么法术，所以皇帝十分好奇。太史忙回答："我想办法弄清楚，尽快回复您！"

太史的办法很简单，他命令几个士兵埋伏在王乔长安的院子里。这天晚上，士兵发现院子上空盘旋着两只大雁，好像在侦察院子里的情况。一会儿，两只大雁落了下来，就在两只大雁着地之处，王乔突然出现了，只见他神态自若，脸上根本没有长途跋涉后应有的疲倦之色。王乔进了屋子，士兵立刻从隐蔽处冲出来，扑向两只大雁。那两只大雁好像着地后就没有了力气，见有人扑过来不叫唤也不反抗。士兵立刻把两只大雁装入随身带着的布袋里。

太史领着士兵来见皇帝，皇帝命令立刻打开袋子。袋子打开，倒出来的不是大雁，却是两只磨损得到处是破洞的布鞋。太史捡起鞋子，对皇帝说："我认得，这是皇帝您经常赏赐给身边人的那种鞋子！"皇帝一听，乐了，"这小子，把我给他的鞋子施了魔法。快派人叫他来！"

王乔满头大汗跑到皇帝面前，看一眼地上的鞋子，对皇帝说："可以单独向您禀报吗？"

皇帝点头，太史和士兵马上退了出去。

见众人离开，王乔说，"皇帝，天机不容众人知，我告诉您口诀。"接着把嘴附到皇帝耳旁念叨一番。

皇帝照着王乔的吩咐，口中念念有词，只见地上的鞋子果然恢复成两只大雁。王乔扶着皇帝两脚踏在大雁背上，皇帝身体晃一晃，感觉站稳了，两只大雁就托着皇帝离开地面。起初，皇帝神色紧张，一会儿后就变得兴奋起来。

不过，皇帝只在皇宫来回飞了几圈，便落了下来。

皇帝唤回太史，说："找个理由，把王乔调回来，留在我身边。"

第二天，皇帝颁布密诏，所有军士和猎户不准猎杀大雁，否则满门抄斩。接着，大家就发现，黄昏时分，在皇宫的上空，经常有两只大雁自由盘旋着。后来变成四只、六只、八只，成群结队地在皇宫上空飞出各种花样，引来帝都的人们驻足观望。

这群大雁有时也飞离皇宫，飞到很远的地方去。

蓟先生

蓟子训，人称蓟先生。传说中他活了五百多年，但蓟子训留下来的故事却不多。

蓟先生被人关注，始于东汉年间。那一年，洛阳城外庄稼收成不好，到了年关，几家欢乐几家愁，朝廷不到万般无奈不愿打开国库。一日，无论官家百姓，都收到邀请，中午时分到市场赴宴，邀请者就是蓟先生。

中午时分，人们半信半疑地来到市场，却只见到一张孤零零的桌子，桌子上一罐酒水、一块干肉，酒罐上有勺、干肉旁有刀。旁边有老者，身材高挑、精神矍铄，看上去年龄不过六十。有几个人抢先上去，舀一杯酒水、割一块干肉，躲一旁吃喝起来。奇怪的是，酒水没有见少、干肉还是原来那么一大块！于是，人们放开肚子吃喝起来。

马上，皇帝得到报告，说洛阳城内数十个地方都是同样情形。皇帝忙派手下去请蓟先生，手下回来说蓟先生已经不知去向，只是市场上还是人潮如涌。

第二天，皇帝张榜寻找蓟先生，言辞恭敬诚恳。但只有一个百岁老人被带到皇帝面前回话，他弯着腰身，喉咙有些沙哑，但声音还很清楚，他说，“我小时候见过蓟先生，那还是在会稽城里，蓟先生就是昨天那个样子”。皇帝让人给老人递上一杯水，老人呷上一口，继续说，“不过，当时蓟先生是在看病送药，他药箱里的药也是取之不尽啊！”

关于蓟先生的故事，在五百年后还流传着一则。

长安东霸城内，一座古庙门外两侧，对称地立着两排青铜神像，两位老人一边抚摸铜像，一边聊着：

“这两排铜像好像是昨天铸成的吧？”

“是的，我还给铸炉添了几根木柴呢！”

“时间过得真快啊！”

“是啊！眨眼间五百年就过去了。”

旁边一人听了这话，意识到遇着了神仙。他扭头一看，失声叫道：“哎呀，这不是蓟先生吗？我家里还收藏着您的画像呢！”

两位老人没有搭话，自顾自朝城外走去。那人跟在后面，不停地叫着，“蓟先生，请留步！”老人看上去走得不急不缓，但后面的人却追不上。一会儿的工夫，两位老人的身影就消失在城门外宽阔的官道上。

魔术师左慈

曹操的秘书郎第三次把邀请函呈在左慈面前，作为京城最著名的青年魔术师，左慈实在找不出理由拒绝了。其时是公元123年的初春，三十岁的曹操已位居丞相，春风得意，他晚上要大摆筵席，宴请群臣和各方人士。

左慈生性孤僻，怯于社交，他以研究和表演魔术为生，从不参加与魔术无关的活动。但是，这次他是无法推托了。秘书郎一直恭敬地站在客厅中，垂着双手，等待左慈穿戴整齐，准备表演魔术需要的工具和材料。

左慈一身得体的暗红色长袍，上面隐隐约约绣着植物枝叶，腰部贴身束着一寸宽的蓝色腰带。一个时辰过去，左慈提着一个小箱子站在丞相曹操的会客室，他在身材结实，霸气十足的曹操面前，显得更加文弱和不堪一击。

“左先生，听说你在江东演出时，周瑜也去捧场了？”曹操问。

“是的。散场后才知道的。”左慈答。

“听说，周瑜劝你待在江东，你拒绝了？”曹操又问。

“是的，我不习惯那里的气候，太潮！”左慈答。

“这么说，你离开江东，仅仅是因为气候？”

“也不完全是。”左慈停顿一下，接着说，“我是一个魔术师，我想到处演出。”

“你和周瑜是好朋友？”曹操按着自己的思路继续问。

“不算吧。我们只是谈得来！”左慈老实回答。

曹操打一个手势，结束了谈话。候在一旁的秘书郎把左慈领到了餐厅。

此时的餐厅已经宾朋满座、热闹非凡。秘书郎把左慈安排在一张最大的餐桌旁，这张餐桌周围已经坐满了人，从衣着和神态看，不是王公大臣就是社会名流。左慈安静地坐下来，没有人意识到他的存在，大家继续闲谈着。

曹操被一群人簇拥着出现在餐厅，所有的人都站了起来使劲地鼓掌。曹操双手抱拳，作为答谢。曹操落座，不一会儿餐桌上就摆满了山珍海味。

酒过三巡，曹操站起来，高声说道：“各位，今天高朋满座，美味佳肴。但有一个小小的遗憾，就是我们吃不到吴淞江新鲜的鲈鱼啊！”曹操说着，目光停在左慈身上，“可有办法？”

左慈站起身来，吩咐侍女取来脸盆大的铜盆放在地上，注入清水，然后从小箱子中取出一根竹竿，再取一条细线拴在竹竿一端。准备停当，他望着曹操说，“聊做钓竿，试试吧！”曹操点头，众宾客屏住了呼吸。

左慈把鱼线垂入水中，轻轻一晃，再往上一挑。只听得水中一阵搅动的声音，一条三尺长的鲈鱼甩动着身体挂在鱼线上，水点溅到了曹操的脸上。曹操拍掌称赞，众人更是啧啧赞叹。

曹操说：“左先生，你看，这么多的宾朋，一条鱼不够吃啊！”

左慈如法炮制，一会儿的工夫，比铜盆大三倍的篮子里就堆满了活蹦乱跳的大鲈鱼。

曹操喝上一杯，兴致不减，“左先生，吴淞江的鲈鱼与蜀中的生姜可是绝配，可惜京城离蜀中太远，远水解不了近渴。”

“那我现在就去蜀中，买来即可。不会误了下锅的！”左慈答道。

“也好。”但曹操担心左慈仅是到东城集市上买姜回来糊弄，因而又说道：“不过，蜀中正派有几人采购蜀锦，你遇着的话，顺便告诉他们多买四丈。”

左慈告退。喝过三杯酒的工夫，左慈回来，把一包生姜摊开，让曹操过目，并复命道：“另外，已按丞相的吩咐告诉了置办蜀锦的官人，让他们多买四丈。”

第二天，左慈在丞相府的精彩表现，被添油加醋演绎得神乎其神。此后，左慈的魔术表演场场爆满，名声也如日中天。

丞相曹操日理万机，早忘记了魔术师左慈。

事情过去一个月后的一天，去蜀中采购蜀锦的官人回到京城。他们说一个月前，在蜀中集市上遇到一位年轻人，告知他们丞相有令多买四丈蜀锦，曹操这才又想起魔术师左慈来。

一天，曹操郊外狩猎，安排左慈陪同。左慈不得已提上小木箱，随曹操出行。

队伍浩浩荡荡，足有上百人。本来准备赶在中午时分回城用餐，却不料曹操兴致太高，到午饭时间还在离京城几十公里的田野上，前不着村后不着店。曹操勒住马缰，唤过左慈，“大家饿了，有办法吗？”

左慈打开小木箱，取出一坛酒和一块熟肉，“丞相，试试吧，应该够吃。”

先是曹操，接着是军官、侍从、士兵，上百人轮流着吃饱喝足后，酒坛里的酒还没倒完，那块熟肉也没见减少。

百余人的队伍一路议论着赞叹着回到城里。

曹操意犹未尽，晚宴时留下左慈。高谈阔论之间，丞相府管家跑了进来，附在曹操耳朵上一阵耳语，只见曹操脸上现出怒色。

管家退出，几个士兵突然拥入，奔向左慈。左慈见状，扭身撞向墙壁，没了人影。原来，刚才管家禀报，说一上午的工夫，府上的百斤美酒和千斤熟肉消失一空。

左慈逃过一劫，但曹操怎会罢手？曹操招来秘书郎，“玩魔术玩到我头上来了，真是胆大包天。不惜一切代价，一定把左慈捉来见我！”

于是，秘书郎布下了天罗地网。

左慈深知自己闯了大祸，不敢回家，只草草化装一番，准备趁夜色逃离京城。临到城门口，不料被守门的士兵发现，忙转身逃回城中，但城中处处埋伏着士兵。士兵们眼看着就要捉住左慈，却突然发现，城里街道上走着的人都变成了左慈的模样！

天亮的时候，左慈出现在城外的山岗上，后面是骑马追击的士兵。顷刻之间，士兵们已经把山岗团团围住。山岗上草木茂盛，一群羊正在低头吃草。

士兵不断地缩小包围圈，左慈被逼到了羊群中间，不得已伏下身体，变作了一只羊。

秘书郎无奈之下，对着羊群喊道：“左先生，我们不是来追杀你的！你只要跟我们回去，丞相还会善待你的！”

羊群没有反应，依旧低头吃草。秘书郎派一士兵回去请示丞相，士兵返回复命，说，丞相让放过左慈。

魔术师左慈遭此变故，从此隐姓埋名，不再表演魔术。江东周瑜曾秘密派人寻访左慈，但无功而返。

孙策之死

说来令人唏嘘，三国时东吴政权的奠基者孙策的死，竟因为他暴躁的脾气。

公元126年，孙策领兵渡江攻打许昌，气象专家于吉同行。时值盛夏，天上太阳暴晒，长江两岸又无树荫遮挡，士兵们冒着酷暑牵引船只向前蜗行。孙策急火攻心，腰部生出疖子。

孙策疼痛难忍，夜不能寐。他一早醒来，就督促士兵趁凉快赶紧干活。此时，气象专家于吉却召集一干将领，躲在船舱里投掷骰子。有人把此事告诉了孙策，孙策大怒，一脚踢开舱门，拔剑指着于吉，“你个妖人，老子在外面顶着太阳，你却躲在这里聚众赌博，该当何罪？”

于吉跪在地上，战战兢兢地申辩：“主公息怒，在下已经占到后日午时有场大雨，所以才叫了几个将领轻松轻松。”

孙策听到“大雨”二字，气消了一些，“不行，后天不行。老子今天中午就要见到一场大雨，否则，砍下你的狗头祭天！”

于吉无奈，使出浑身解数。中午时分，天上阴云密布，一场大雨如期而至。将士们享受着久违的雨水，欢呼着“于吉”的名字，把于吉一次次抛在空中。孙策看到大雨的好心情，立刻被眼前的喊声和情形改变。他对身边的卫士说，“给我过去，把于吉砍了！”

于吉死后，孙策腰部的疖子越发胀大，让他整日坐卧不宁。

这天，他走到镜前，想看看自己被疖子折腾成了什么样子，镜子里出现的却是于吉的脸。他转身，身后空无一人。他再看镜子，里面还是于吉的脸。孙策大叫一声，奋力扑向镜子。

这时，他腰部喷出一股黑血，被镜子弹回后倒地身亡。

种 瓜

三国时东吴国的集市上，经常有身怀绝技的人一闪而过。

这天，北城的集市上，出现了一个衣衫褴褛的年轻人，他仿佛走了很长的路，脸色疲敝，嘴唇干裂。他停在一个西瓜摊前，伸手乞要西瓜，摊主摆手拒绝。这年轻人笑了笑，移步到旁边，吆喝道，“种瓜得瓜，种豆得豆。大家来种西瓜啊！”不一会儿，就围上来一圈在街上闲逛的市民。

这时，年轻人依旧笑眯眯地对西瓜摊主说，“老兄，给几颗瓜子总可以吧？”只见年轻人拿一硬物在地上挖一小坑，然后把讨来的瓜子扔进去，上面再培上土，搓着双手说，“大家注意了，马上就可以吃到西瓜了！”

果然，埋着瓜子的地方冒出嫩芽，紧接着，叶子、枝蔓、花、果渐次长出来，而且不止一处。不一会儿，竟然长成一片瓜地，数十个熟透了的西瓜滚在人们的脚下。

年轻人再次吆喝道，“种瓜得瓜，我的瓜白吃不要钱！”

一阵哄抢后，一旁的摊主突然发现自己摊上的西瓜已所剩无几。他这才缓过神来，知道是刚才的年轻人移花接木挪走了他的瓜。他急忙环视周围，哪里还有年轻人的影子，不过，他倒是看见有一吊钱币扔在他的脚下。

收徒

三国时，东吴帝都南京非常繁华，水陆两路商贾如云而至，更引来不少世外高人和众多寻找前程的追梦少年。

葛玄和吴猛，一个来自襄阳的乡下，家中尚有良田百亩，属殷实人家；一个来自千里之外的濮阳，家贫如洗，借银两来到这里。两位年轻人，年方十八，虽然出身不同，却意气相投，都想学神仙道术。他们在一家客栈偶遇，聊上几句就成了形影相随的朋友。

这天，俩人听说江湖高人左元放来到襄阳，但不知住在哪里，一早便跑出去四处打探消息。左元放是道家高人，江湖传言，道家炼金丹的秘籍《九丹液仙经》就在他的手里。而且小道消息说，左元放此番来到襄阳，专为收徒，但只收一徒。

说来有缘。临近夜晚，俩人疲惫不堪无功而返，问客栈老板要了两大碗米饭，匆匆忙忙拨拉进肚子里，抹抹嘴巴抬头一看，对面坐着一位穿道袍的老者，仙风道骨却不怒而威。俩人不由得跪在地上，惊呼，“道长在上，请受小的一拜！”

老者并未答话，只是认真地看着俩人的面相。少顷，才点点头，“起来吧，不错”。俩人听到“不错”二字，心里一阵狂喜，都没有起身。

“起来吧，我左元放不会随便收徒。”老者冷冷地说。

吴猛先站起来，垂手而立。葛玄却依旧跪着，不愿起身。

“跪到明天也没用，我有话要说。”声音还是冷冷的。

葛玄起身。客栈里灯光暗淡，只有零星的客人低头吃饭。左元放缓缓说道：

“我已观察一日，看你俩根基不错，心气也高。现在，给你俩各三道神符，半月内可各显神通，到时自有结果。”

先说葛玄。

第二天一早，他与吴猛作别，“我已想好办法，咱们半月后再见！”然后径直来到一张姓商贾府上。他与张姓商贾是世交，只是因为财富悬殊少了来往。一见面，葛玄直奔主题，“张兄，你可愿与当今皇帝交好？”被唤的“张兄”一脸疑惑，葛玄又说：“肯定愿意吧，小弟现在有办法做到，只是……”葛玄停住话。

“说吧，如真有办法，我愿意出钱！”张兄允诺道。

“好，咱们到花园走一遭。”

花园里有一片池塘，池水清澈，几尾红色鲤鱼在荷叶间游来游去。

葛玄对张兄说，“身上可有钱币？”

“有。”张兄掏出一把来，在手中掂着。

“扔进去！”

张兄迟疑了一下，抛了进去。水花四溅，红鲤鱼被吓到池水深处。

葛玄取出一张纸符，扔向水面。纸符很轻，却并不浮在水面，很快就沉入水底。葛玄伸出手臂展开手掌对着水面向上一摆，只见刚才沉入水底的钱币划破水面，飞回他的手掌心。葛玄把湿淋淋的钱币还给张兄，“点点，看少了没有？”

张兄被惊得目瞪口呆，没点钱币却连忙点头。

“说吧，一切听你的。”回到客厅，张兄亲自给葛玄沏好茶，端在葛玄面前。

“好的。择日宴请几位朝中大官，小弟自有主张。”

几天后，南京城最豪华的酒楼“聚财楼”，迎来了一位真正的贵客，当朝皇帝身边的红人诸葛瑾。诸葛瑾，三国名人诸葛亮的哥哥，他虽然儒家出身，但皇帝喜欢神仙道术，他也就对此非常留意。诸葛瑾一向低调，出行不带随从，并且特别吩咐，筵席不得超过八人。

张兄请来几位文人骚客作陪，都是有名有姓，诸葛瑾见了自然高兴。

酒微酣时，张兄给诸葛瑾介绍葛玄。诸葛瑾点头，大家静下来。

此时，葛玄口中正含着一勺白饭，只见他停止咀嚼，从容取出一张纸符，揉成小团塞入口中。他张嘴把米饭喷向空中，白色的米粒没有落下，都变作了黄色的蜜蜂，在餐桌上空飞一会儿，落在葛玄对面的张兄身上。

诸葛瑾带头鼓掌，张兄却窘在那里，一动不敢动，求救地望着葛玄。

葛玄笑笑，“张兄，这些蜜蜂是不蜇人的。”然后把嘴张大，一阵“嗡嗡”声，蜜蜂又全部飞回葛玄嘴里，葛玄又开始咀嚼。大家能从葛玄的嘴角看到，他吃的正是刚才的那一勺白饭。

“真香！”葛玄赞叹道。

又过几天，葛玄得到皇帝孙权的召见，并允许张兄作陪。

铜雀台上，孙权斜倚在软榻上，诸葛瑾端坐在旁边，葛玄和张兄站在台阶下面。

“哪位是葛玄先生？”孙权问。

葛玄向前迈上一步，低着头。

“近来南京城一直不见雨水，先生可有办法？”

“有。”葛玄低着头回答。

“什么时间可看到雨水？”

“现在。”

葛玄话毕，转过身体背对皇帝。他掏出最后一张纸符，抛向空中。抛出的一瞬间，他的手有些发抖，“上天保佑，佑我成功。”他心里默念着。

须臾，天地之间，突然变得灰暗一片，一声炸雷过后，大雨瓢泼而下。

自此，葛玄只用了三道纸符就名满天下。此时，离左元放约定的半月时间还有三天。

再说吴猛。

吴猛望着葛玄的背影，一时间没有了主意。他站在客栈的院子里，漫无头绪地想着，左元放道长的这三道纸符究竟该怎么用才能合乎道长的心。

突然，一阵大风刮起，尘土飞扬，吴猛的身体有些站立不稳，同时，他心里猛地一惊，分明看见一只船在江上飘摇，眼看着就要翻入水中。他迅速掏出一张纸符，向上一扬，一只鸟飞来，衔起纸符，瞬间不知去向。

一瞬间的工夫，风停了，接着，一群客人狼狈不堪地走进客栈。吴猛听到他们在议论：

“真是有神仙保佑啊，让这么大的风突然停下来！”

“谢天谢地，再刮，船非翻不可，我们就没命了！”

“我好像看见大风里有一只小鸟飞过。”

吴猛看着这群得救的人，心里很是欣慰，但也有些懊恼，“还没离开客栈半步，就用去了一张纸符。”

“不过，我还有两张，可以有所作为。”吴猛想到这里，振作起精神。

吴猛在南京有一位穷亲戚，是他的远房舅舅，正害着病。他走出客栈，顺路买了一包点心，转几个弯，就望见了亲戚家的屋子，也听到了从家里传出的哭声。

他紧走几步，顾不得敲门，推门而入。舅舅躺在炕上，双目紧闭，一脸青黑，已经没了呼吸。旁边一个妇人和一个女孩，正伏在舅舅的身上号啕大哭。

妇人见吴猛进来，止住了哭，“你舅舅他撇下我们娘俩不管，自己走了。我们孤儿寡母的可怎么办呢？”说完，又呜呜咽咽地哭起来。

吴猛走到近处，看到舅舅，心里一咯噔，“舅舅的阳数并没有尽，应该向上天申诉。”他立刻要掏纸符，“可是，又要用去一张纸符。”他迟疑着。

“哥哥，我们可怎么办啊！？”小女孩扑到吴猛怀里，哭得更厉害。

“有办法。”吴猛语气坚定地说，“你们先离开一会儿，我叫你们时再进来。”

娘俩出了屋子。吴猛掏出纸符来，用火点着。

一个时辰后，舅舅醒了过来，脸色泛出红光。

吴猛离开舅舅家时，心里很是欣慰，但也更加懊恼，“刚过了半天时间，就用去了两张纸符。”

“不过还有一张，可以有所作为的。”吴猛告诫自己。

“葛玄在做什么呢？”吴猛此时很想去找葛玄，想知道他怎么用这三张纸符，但一想到早晨分别时葛玄脸上踌躇满志的表情，就打消了这个念头。

他不知不觉走到了江边。江面开阔，由于近来要备战伐曹，原来渡江用的船只几乎全被官家征去。对岸就是回家的方向，“我不在的这些日子，不知道父母活得怎样？”也许是亲历了舅舅的生死，吴猛站在江边，陡生思乡之情。

仿佛心有灵犀，吴猛心里想着父母，就见对岸划过一条船来，船上跳下数十人。他看到似有熟悉的人，信步走过去。果然，人群中跑过来一人，吴猛定睛一看，“这不是隔壁刘家老三吗？”吴猛叫出声音来。

“吴猛哥，太好了，一下船就见到你了！”刘家老三高兴地喊道。

“你来南京做什么？”吴猛问。

“来找你！”

“是不是我家里出什么事了？”

“是的，你爹和你娘都病了，让我来找你回家。”

南京离濮阳千里之遥，如果花去半个月的时间到家，爹和娘不知会病成什么样？“看来，我是注定做不成左元放的徒弟了。”吴猛想着，双腿一曲跪在沙岸上，朝南京城拜了三拜，“道长，吴猛今生没有福气做你的徒弟，只等来生了！”

吴猛掏出最后一张纸符，向沙岸上一扔，纸符化作一只马车般大的鸟，吴猛拉住刘家老三跨到鸟背上。鸟展开巨大的翅膀，起飞，向濮阳方向飞去。

岸上的人们看着刚才的一幕，不知是真是幻，只抬头望着大鸟没有了踪影。

半个月后，约定的时间来到。

一大早，葛玄就吩咐客栈摆了一桌荤素搭配的菜肴，他穿戴得体，坐在餐桌旁等待左元放道长的出现。

此刻，左元放道长却走在濮阳的街衢，他弯腰向一个卖菜的老头客气地问：

“老人家，请问，吴猛的家在哪里呢？”

董永之愤

园客把媒婆打发走后，赶紧来到蚕房，他从篮子里取出扇子一样的桑叶，铺在密密麻麻蠕动的白色蚕身上。蚕的食量惊人，整天都在“沙沙沙”地啃着，园客必须每隔一个时辰就在蚕身上加一层桑叶。他喜欢这种种草养蚕的生活，忙碌但有秩序，没有人打扰，也没有其他事情需要去做。只在活计之间消停的片刻，他坐在叶子浓密的桑树下，会偶尔升起轻微的惆怅：“那个人什么时候才来呢？”

园客年方二十，十年前做了一个梦，梦里一个腮帮上长着小黑痣的美貌女子，告诉他十年后有奇异之事发生。他刚张嘴要问“什么奇异之事”，梦倏忽醒了。第二天，他对平日吃的饭菜感到反胃，无法下咽，看到鲜嫩的花瓣、叶子却食欲强烈。十年来，他种植各种花草，供自己食用。二十岁的年龄，长着婴儿般的皮肤。不过，他身体硬朗，浑身是劲。近些年，过几日就有媒婆上门说媒，他都一一回绝，他心里只惦记着那件奇异的事情。

园客的隔壁住着董永一家。董永6岁丧母，父亲又患有哮喘，整日里躺在土炕上不停地咳嗽，父子俩的生活重担就压在小董永稚嫩的肩头。小董永吃苦耐劳，拼命干活，对生活没有一丝怨言。园客同情小董永，但也只能在气力上给小董永一些帮助。渐渐地，小董永已经长成一个结实的小伙子。

三年前，董父殁亡。董永没有钱丧葬父亲，便到千乘县城卖身葬父。董永是远近闻名的孝子，他头戴稻草刚跪下，对面布店的宋姓老板就迈步过来。“董永，快快起身，需要多少钱，到店里取就好。”宋老板古道热肠，素来喜欢董永。董永取了一万文钱，写了字据，“谢谢老叔，待我服丧三年期满，再来还账！”

转眼三年过去。这天，董永脱去孝服，换上粗布衣衫，洗了脸，把头发整理整齐，看上去他确实是一个俊俏青年。

“园客哥，我去城里了，估计一时半会不能回来，拜托你留意着家门。”董永隔着篱笆对坐在桑树下休憩的园客说。

园客站起身来，走到篱笆边。董永也朝这边走过来。

“董永，你这是？”

“园客哥，我要去城里宋叔的布店打工，以偿还那一万文钱。”

园客望着董永远去的背影，加重了心中的惆怅。他预感到那件奇异之事快要发生了，而且与董永有关。

董永离开董家村，到黄昏时分，才看见千乘县城上空飘起的袅袅炊烟。他坐到路旁一块大石头上，准备休息一小会儿，恢复恢复体力。

这时传来一阵嘤嘤的哭声，接着一个人的身影移近。董永本能地站起来，仔细看，是一位与他年龄相当的女子。

“这位姐姐怎么了？”董永关切地问。

女子抬起泪眼，饮泣着回答，“我是王户镇的人，从小就成了孤儿，实在活不下去了。”女子说完又嘤嘤地哭起来。

董永一时不知道该怎样安慰眼前的女子。

“不过，我前些日子算过一命，说如果能遇上董姓孝子，可结为夫妻，从此就一顺百顺。”女子止了哭声，“可是，到哪里去找这个董姓孝子呢？”

董永做梦也想不到会有这样的事，女子说的“董姓孝子”分明就是自己。“这是天意！”董永心想，“既然是天意，就应该坦然接受。”

当董永带着这位名字叫“织女”的女子站在布店老板面前时，织女彻底认定了身旁这个年轻人就是命中注定的丈夫董永。

布店老板并不愿意接受董永抵债的做法，董永执意道，“宋叔，我虽出身低微，但知道滴水之恩尚要涌泉相报，何况葬父之大恩大德！”

吃晚饭时，董永把路遇织女的事情原原本本告诉了布店老板。

“真是上天有眼啊，天意，天意！”布店老板听了非常高兴。他转头问织女，“既然叫织女，一定有织布的本领吧。”

“是的，我从小就以织布为生。”

“好啊。”布店老板越说越兴奋，“我送你夫妻俩万只幼蚕，你们回去喂养。什么时候，幼蚕成茧茧缫成丝，最后织绢百匹，董永的债就一笔勾销。”

第二天，董永夫妇牵着布店老板借给他们的牛车和满满十箱幼蚕，赶在午饭前回到了董家村。

园客正摘好几百片桑叶放在地上，猛地看见董永牵着牛车，身旁还依着一个靓丽的女子，吃了一惊：

“董永，你怎么回来了，这是？”

董永来不及卸下箱子，先把事情的原委讲了一遍。

“董永啊，恭喜了！”园客真诚地说，一面看了一眼女子。“哎，哪里见过，像是十年前梦里那个女子。”他心想，眼睛移到女子的腮帮上。女子的两个腮帮干干净净，并没有小黑痣。

“董永，快来拿，新摘的桑叶！”园客说。

幼蚕以惊人的速度变化。第三天，幼蚕就吐丝成茧，个个拳头般大。第六天，抽茧成线，线团在院子里堆积如山。第九天，百匹白色细绢整整齐齐码在了屋子里。

“怎么可能呢！？”董永坐在炕沿边，喃喃道。

“明天就可以运到城里，你就可以轻松度日了。”织女在一旁说。

董永感觉织女的神情有些异样，禁不住多看了几眼。他看见织女的腮帮上不知什么时候长出了一个黑色的痣，不大，衬着白皙的皮肤，黑宝石一般。

第二天，董永早早醒来。他见织女已经起床，被子整齐地靠墙叠着，人却不在屋里。他穿好衣服，才看见屋子中央的木头桌子上已做好饭菜，用纱布盖着。

“织女。”他朝屋外叫了一声。

没人答应。

他发现桌子一角用勺子压着一张纸，他拿起来，上面写着几行字，但他不认识。

董永感觉到不妙。他跑出屋子，一边高声叫着，“织女！织女！”

院里无人。

这个时间，园客应该站在他的桑树下摘一天里最新鲜的桑叶。董永望过去，园客也不在他的院子里。

“园客哥！园客哥！”董永高声叫道。

没有应答的声音。

纸上的文字是这样的：

吾，天之织女也，缘君至孝，感动天帝，命下凡数日助君偿债耳。又，园客者，天人也，几世流落凡间，诏回矣。

董家村唯一识字的董老先生一字一句地读完，足足用了两袋烟的时间。董永像被雷击一般，怔在一边。

半晌，董永醒了过来，眼睛空空洞洞，他对董老先生说：

“我不相信，一对狗男女！”

牺　牲

扶南王范寻原为扶南国军队统帅，五十岁时，原扶南国国王驾崩，膝下没有男儿继位，众臣便推举范寻为王。范寻继位后奋发图强，没几年就让扶南国变得富强。范寻虽为王为帅，却一直嗜好神仙法术，只是扶南国偏于一隅，国内根本找不到此道中人。于是，范寻派使者远赴中原、天竺，限期招徕方术之士。

最先来到扶南国的是一天竺老者。老者其貌不扬，自报家门号称“无名”，精通断物续接和吐火等法术，被扶南王范寻视为上宾，嘱其先行用餐休息，老者却说：“大王，不必拘于礼节，无名万里而来，不为金银美味，只愿献演法术。”“也好。”扶南王范寻立刻吩咐文武大臣前来观赏。

老者无名换上一身干净衣衫，束腰扎腿想让众人看得清楚仔细。他伸出舌头，手拿一把小刀，手起刀落，舌头就割掉一半。这半块舌头落在一个盘子里，无名端起来，绕圈让众人观看，最后走到扶南王范寻面前。

“大王，请看。”老者满嘴是血，虽断了半块舌头，说话却不受半分影响。

扶南王范寻看一眼盘子里的舌头，点了点头。

老者退下，伸手从盘子里拿起舌头，塞入口中，众人再看时，舌头灵活如初。接着，一群文武大臣鼓起掌来。

只有扶南王范寻不为所动。

老者觉察到扶南王的反应，又说：“大王，无名还有一技献上。”

老者突然张嘴向空地用力一吹，一条火舌窜到地上，立即着起一堆大火。

“各位，手头有什么没用的东西，可投入火中。”老者嘴里喷着火，说。

于是，有人掏出手巾，有人找来绳子、木片等扔入火中，火焰就跟着冒得更高。火灭后，地上一堆死灰。

老者眼睛望向扶南王，众臣也不再鼓掌，等待扶南王发话。

扶南王却没有反应。

老者跨前一步，张嘴朝地上那堆灰烬一吹，灰烬散开，刚才扔进去的手巾、绳子、木片等显露出来，竟然完好无损。

“无名大师，辛苦了！”扶南王开口说道。

第二个来到扶南国的是东阳术士赵丙。赵丙年方三十，但已在江湖上混迹多年，他的师傅是闽中高人徐登。据传，徐登能让往山下奔流的溪水停止流淌，让冬天的杨树立刻生出嫩芽嫩叶来。只可惜徐登早逝，赵丙没有把师傅的法术全部学到手里。

他只身来到扶南国首府，正是接近午饭时分，家家户户的烟囱冒起炊烟。他选中一家房顶高过普通人家，旁边又有开阔空地的大户。他坐到房顶上，手指一点，空地上就支起一座大火炉，火炉上的铁锅更是大如水塘。他把几头牛、羊放进去煮，一会儿的工夫，城里就飘满了奇异的肉香味。

扶南王范寻也闻到了这股奇异的肉香，他吩咐秘书郎好好招待这位术士。

接着，陆陆续续又来了几位中原术士。樊英，南阳壶山隐士，精《易》通经，善推灾祸。他来到扶南，幸得扶南王的接见。他献演的是含水灭火的法术，他口含滴水，不管多远的火，朝着火的方向喷去，火瞬间即灭。但扶南王似乎对此不感兴趣，只是津津有味地和他探讨《易》及五经。韩友，晋庐江舒术士，能占卜。据他自述，来扶南路经宣城，看天色已晚，就前往探视宣城好友边洪。恰逢边洪丧母，他占到是夜有血光之祸，便谢绝边洪挽留，连夜离开宣城。当夜，边洪果然突发狂癫，竟杀死自己的五个家人，然后悬梁自尽。韩友的故事传到扶南王耳朵，扶南王不以为然。

扶南国招徕方术之士的期限还有最后一天，寿光侯就在这天踏上了扶南国的土地。

寿光侯身材高大，英气逼人，二十岁时就名扬天下，是大汉皇帝的座上客。他早听闻扶南王范寻溺好神仙法术，且法术高明，这次来便为增长见识。离扶南国首府还有约莫半天的路程，寿光侯看到官道旁百步远处有一村子，就打算进去讨碗茶水好继续前行。

一进村子，他感觉气氛不对。走到村头第一家院门前，敲门，没有应答。他推门进到院子里，见几个中年男人垂头丧气，眼睛里满是绝望。

“几位兄长，这是怎么了？”寿光侯问。

见没人应答，寿光侯诚恳地继续说道：“几位兄长，我来自大汉洛阳，是一位游方术士，有什么难处告诉我，看有没有办法解决？”

一个男人踱过来，“先生，村后有一片树林，林中有一棵枯树，枯而不死。鸟飞上去当即落地而死，村里人从树下走过，没有不得重病的。现在可好，远远望上一眼也要惹上一场疾病。”

“没有请过神仙术士吗？”

“请过几个，来时信誓旦旦，可一到树前就没了办法。”

"带我去看看。"

"自己去吧，村里就我们几个病得轻点。"

寿光侯按照村民的指点，很快就找到了村后的树林，也找到了那棵枯树。

寿光侯一看到枯树，心里就明白了。他立在离枯树百步远的地方。一盏茶的工夫，寿光侯高大的身材开始萎缩，饱满光洁的脸变得干瘪，整个人变成一个形貌萎衰的小老头，原先合身得体的衣服，松松垮垮变成了宽大的袍子。

枯树还是那棵枯树，只是枯树枝上多了一条长七八丈的大蛇，身体扭曲，保留着死前剧烈挣扎的样子，垂下来的身体一直拖到草地上。

寿光侯很晚才来到扶南国首府，但扶南王范寻却早已准备好饭菜，等待他的到来。

"先生，谢谢你为扶南国除了一害！"扶南王范寻抱拳面向寿光侯，"多少神仙术士，不是没有能力除掉这条千年大蛇，而是不愿耗去自己的功力，存着私心呢"。

"惭愧，还是功力太浅。"寿光侯的脸皱巴巴的，看不清楚说话时的表情。

第二天，扶南王范寻宴请各路高人。开宴前，一干人被邀到一个奇特的地方。此处完全是按宫殿建造，走廊门庭墙壁一样不少，只是没有屋顶遮盖，也没有种植树木。沿着螺旋形的楼梯拾级而上，是一个圆形平台，从这里望下去，整座露天宫殿尽收眼底。扶南王携寿光侯坐在主座上，寿光侯已换了装扮，看上去精神许多，天竺老者无名、东阳术士赵丙、南阳壶山隐士樊英、晋庐江舒术士韩友等分坐两旁。

“先生，敬请指点。”扶南王对寿光侯说。

说罢，扶南王右手一挥，长袖带着一股劲风朝下面吹去。劲风过处，露天宫殿现出十几只老虎，个个身体健壮，毛色发亮，眼睛露着寒光。

“这是我饲养的猛虎，也是我扶南国的判官。”扶南王高声介绍，“没有罪的人进去，老虎视若无睹；有罪的进去，就会成为老虎的美餐。”

扶南王又挥动左手，劲风再吹，露天宫殿变作一座水池，水面交叉着窄窄的浮桥，水里不时探出几只鳄鱼的头来，张着嘴露着尖尖的牙齿。

“当然，在我扶南国，鳄鱼也是公正的判官。”扶南王环视众人，“如何？”

扶南王挥手之间，早惊得大家目瞪口呆，深感扶南王法术立意极高，表情中流露着恭敬和敬仰。

“但是，我以为方术之士的最高境界，当推两字：牺牲。”扶南王起身，“因此，只有寿先生才称得上方术之士。”

扶南王离开主座，携众人拜向寿光侯。

男觋

我叫李少翁，是一名男觋。师傅教给我与鬼神交流的口诀和本领，但更多的时候，是在训练我恪守禁忌的毅力和心智，因为大多数男觋都死于不守禁忌。

我最辉煌的事迹，发生在汉武帝暮年，但那次我发挥的是表演才能。那年，汉武帝宠幸的李夫人病殁。李夫人绝代美色，琴棋书画样样不俗，尤其拍得一手好腰鼓。伴着袅娜的舞姿，能让汉武帝那颗已经衰老的心顿时“怦怦”跳动。神志不清的汉武帝昭告天下，有可以让他与李夫人相见者封为国师。

师傅派我在最快的时间内来到皇宫，把一封密封的信函递到当朝宰相张汤手上。张汤好像一直在等待我的到来，他急忙翻看信函，紧张的表情在阅过信函后轻松下来。“好，准备吧。”他说。

准备工作在秘密进行，我把所用材料和花园、阁楼的布置图纸交给工匠。我抽出时间离开皇宫，开始在帝都繁华的街衢闲逛，渴望有新鲜的事情发生。当然，这是临行前师傅严厉禁止的，但我近十年从没离开师傅半步，我想只要不辱使命，一切都可以解释。

中午时分，在一家酒楼前嘈杂的人群中，我遇见了夏侯弘。他一身道士打扮，目光如炬。他迎面过来，拉起我的手，径直走向酒楼，“我就知道，营陵道长会派他的徒弟来的，果然，果然！”我们在酒楼的一隅坐定，夏侯弘继续说：“营陵道长真是高人啊，培养出来的徒弟已经可以独当一面了。想当初，与他结伴云游四海切蹉斗法，不亦乐乎！可惜，营陵道长名望如日中天之时，却突然销声匿迹远离江湖，连昔日好友也闭门不见，让人唏嘘、纳闷。”

遇见夏侯弘也在师傅预料中，但师傅却没有告诉我应对之策，所以我装出认真倾听的样子，心里盘算着如何离开。

“你报名了吗？”夏侯弘突然转移了话题。

我一时没有反应过来。

“看来你还没有报名。”他快速夹起一块肉送到嘴里，“朝廷的手续真是烦琐，还要报名、审查、批准，才不管皇上在那里早已望眼欲穿夜不成寐！”

我编了一串谎言并绕了十几个弯道，回到皇宫。躺在床榻上，我猜不透师傅的意图和那封信函的内容。宰相张汤来了，他询问准备工作的进度，并告诉我如云的高手已经会集京城，好在他已经采取措施为我赢得时间。“夏侯弘也来了，消息如果传到皇上耳朵里，皇上会直接召见他的。”张汤最后说，然后他严肃地等待我的回答。“连夜干活，明天晚上招魂。”我说。

关于夏侯弘，我听师傅亲口讲过几件事情：

汉武帝年轻时，并不相信神仙法术。一年夏天天气炎热，他在皇宫里百无聊赖，一位妃子说有一男觋巫术了得，可请来博皇上一笑。来的男觋正是夏侯弘，他年少貌美、身材挺拔。皇上心情沉重，指着花园一角的一堆新坟说：“这里埋着我的一位爱妃，你如果能说出她的年龄和模样，我会重赏你！”夏侯弘见坟前的案几上摆放着绣花绸衣，下面是一双绣花鞋，他摇摇头，闭上眼睛。“还要我等到何时？”皇上很不耐烦。“可是，土下只埋着一只白头鹅，并没有您说的爱妃。”夏侯弘回答。“什么？你竟敢戏弄我，拉下去斩了！”皇上大怒。但一旁的妃子拦住皇上，请求再给一次机会。“皇上，土下确实只埋着一只白头鹅。”夏侯弘镇静地重复道。“哈哈哈，我大汉真是人才辈出啊！”皇上转怒为喜，随即赏赐夏侯弘百两黄金，并令人起土挖出早晨埋下的白头鹅，一并送给夏侯弘。

又一年冬天，北风刮得像有一群人在号啕大哭。戍守北方重镇代州的大将军谢尚找来夏侯弘，他哭丧着脸对夏侯弘说，“夏先生，我的坐骑昨晚突然莫名死去，听说先生有起死回生之术，请求先生救活我的爱马！”夏侯弘点头，一言不发离开。一会儿后夏侯弘返回："谢将军，军营往西村子里有一座土地庙，庙里的土地神喜欢你的坐骑，昨夜过来牵走了。"夏侯弘稍微停顿一下，"不过，我与土地神已经谈妥，将军更需要良驹。"夏侯弘话音一落，就听见一声嘶叫，从营帐外跑来一匹马，跑到躺着的死马跟前时，影子一样突然消失。躺在地上的马站起来，用头蹭蹭谢将军伸过来的手掌，快活地打了一个响鼻。

谢将军把夏侯弘留在军营。一天，谢将军喝退左右，对夏侯弘说，"先生，我有一心事还请先生帮忙解开。"夏侯弘专注地听着，"我已五十开外，妻妾有三，但至今仍然膝下无子，请先生指点。"夏侯弘点头。两天后，夏侯弘说："谢将军，你是国家栋梁之材，路上来往的普通鬼魅了解不到你的情况。我需要离开多日，待探到详情即刻返回。"夏侯弘多方打探，在千里外的阳夏找到了谢将军生母的墓地。他隔着坟冢把情况说明，谢母立刻现身。谢母面孔模糊，火焰一样左右飘忽，声音喑哑，"他少不更事，置礼教与前途不顾，与家中女婢私定终身，并立重誓不娶他女。但后来他又自毁誓言，弃婢女而去，婢女悲愤，投井自尽，并向上天倾述，上天遂惩其无后。"夏侯弘返回代州，如实相告，谢将军听着默默无语满脸羞愧。

关于夏侯弘的事迹，远不止上述两件。师傅在讲这些故事时，口气中透露着敬重。但每次讲完，都要叹口气，并加上一句“只可惜，他‘名’欲熏心”。

张汤再次来到建造工地时，是第二天下午，工程已经收尾，正准备彩排。张汤神色慌张：“晚上的表演必须万无一失，皇上已下令急召夏侯弘。”

“为什么不让师傅出面，为皇上唤回李夫人的魂魄，还有为什么要阻止夏侯弘为皇上服务？”我趁机抛出憋在心里的疑问，“而让我这个无名小辈做一场招魂表演欺骗皇上呢？”

张汤答非所问：“如果演砸了，我会砍下你的脑袋。”

晚上的表演精彩绝伦。我事先认真阅读了张汤为我准备的文件，我了解到在皇宫里按时令宫女们表演的舞蹈，以及配舞的音乐和歌曲。比如，在十月十五，宫女们要吹笛击鼓，表演迎请灵女的舞蹈，并吟唱《上灵之曲》，之后就揽起手臂围成圆圈，一边左右轮流旋转一边高歌《赤凤皇来》，声音越高越好。七月七日，表演的却是西域风情的舞蹈，最后用五色的丝线把大家系在一起，表示君臣一心、姐妹一心。参与表演的是昔日绕在李夫人身旁的宫女，她们对要表演的舞蹈、音乐和歌曲烂熟于心。选择李夫人的扮演者颇费一番周折，因为宫女们人人都想扮演李夫人，都信誓旦旦能够表现出对皇上的缠绵之爱，最后不得已以抓阄的方式解决。

在整个表演过程中，灯光和音乐营造出非人间的迷离气氛，让老眼昏花、思念成疾的汉武帝立刻上当受骗。当“李夫人”幽幽地现身，飘移近汉武帝的卧榻，我揪心汉武帝会识破“李夫人”的真面目，但“李夫人”表现出的哀怨、缠绵和深情让我惊异，我看到站在我身边的老臣张汤已是老泪纵横。“李夫人”在规定的音乐声中起身、离开。这时候，汉武帝已心满意足、筋疲力尽，倒头睡去。

第二天，精神焕发的汉武帝信守诺言昭告天下，封“营陵道长”为国师。当时，我远远地跪在朝堂阴凉的石板上，接受皇帝的册封。从昨天开始，我就化装成了师傅的模样，穿着师傅的衣服。“只有营陵道长的名头才能取得皇上的信任，才能封住满朝文武大臣的嘴。”张汤对我说，“从此时起，你就是重出江湖的营陵道长。”

“那夏侯弘呢？他知道这些都是假的。”

“没有夏侯弘，从你成为营陵道长的这一刻，世间已没有夏侯弘。”张汤冷冷地说。

“那，那我师傅呢？”我担心地问。

张汤没有回答。

随后的日子里，我困在皇宫里，走路、说话装成师傅的样子，每隔一个月进行一场“招魂”表演。我有能力离开皇宫，但我谨记师傅临行前的嘱咐：“一切听宰相张汤的，切记。”张汤却很少来我的住处。

我是“营陵道长”，我是“国师”，却不知道“我”给张汤写的信函的内容，不知道为什么不用法术为李夫人招魂，更不知道真正的营陵道长是否还隐居在遥远崂山的深林中。

等到张汤谢任，已是五年之后。我坐在张汤宫殿一样开阔的书房里，阳光有些不真实地照进来，映在张汤那张松弛的老脸上。我又问起老问题。

“营陵道长，”他已习惯了这样称呼我，“皇上已厌倦了‘李夫人’，我可以告诉你想知道的了。”

我全神贯注。

“你师傅信上说，招魂术有一可怕的结果，活着的人见到招回的魂魄，一年后必死无疑。因此，绝对不能对李夫人招魂，否则，皇上一年后驾崩天下必会大乱。”

“那我师傅呢？”

“当天，我派精兵强将往崂山剿杀你师傅，但他已不知去向。”

我松了口气，用仇恨的目光注视着眼前这个一拳就可以置于死地的糟老头子。但看到他身后那一排排高大的木头架子上庞杂的竹简，看到他因操劳而佝偻的脊背，又感觉这是一个用拳头打不死的老头，一个让人恨又让人禁不住敬仰的老头。

“现在，你可以离开皇宫，去找你的师傅。”张汤懒散地说，好像卸下了一副担子。

“可是，师傅他会在哪里呢？”

“听说江陵一带正闹瘟疫，‘夏侯弘’已重出江湖，在那里用乌鸡血驱逐瘟疫。”张汤说完，挥挥手让我退下。

“我没有名字，只是一名男觋。”我在这样想的时候，已经急急地走在通往江陵的官道上。

段翳和张伯

段翳带着徒弟张伯来到会稽，他的好友钟离意也刚巧回故乡省亲。钟离意在外面做官，已经离家三年。这次回来，年迈的父亲要求他出钱修缮乡里破败的孔庙。钟父是一介儒生，日日吟诵《论语》，并在家里免费教授邻家的孩子学习儒学。

钟离意把修缮孔庙的事告诉了段翳，段翳说，“这件事我来做，你只管陪好老父亲。”

段翳师徒二人起早贪黑和雇工们一起干活，三天后，孔庙焕然一新，只待新栽的松柏到明年枝繁叶茂，钟父就可以在树下和孩童们一起吟诵《论语》。但有一事，段翳不敢自作主张，他唤来钟离意，钟离意又唤来老父亲。

原来，在孔夫子塑像的背部，一颗木头钉子悬挂着一个小泥坛，用泥封了口，看样子挂了很久。钟离意建议打开，钟父考虑半天，终于点了头。泥坛打开，里面卷着发黄的布绢，展开，上面用朱笔写着：“后世修吾书，董仲舒；修吾庙，钟离意；璧有七，张伯藏。”

大家把眼光转向张伯。

“是的，我在打扫孔夫子塑像的底部时，发现厚厚的尘土下埋着七枚玉璧，见四下无人就藏了起来。”张伯涨红了脸。说完，捧着七枚玉璧恭恭敬敬地放在塑像前的供桌上。

“实话。当今真正懂得孔老夫子的，首推董仲舒先生！”老父亲笑呵呵地为张伯解围。

回到下榻的客栈，张伯一脸怨气憋了好一阵，“师傅，这事是您安排的吗？”他冲着段翳说。

段翳是著名的易学大师，但江湖上他卜筮的名头更响，张伯已跟随他多年。他没有回答张伯的话，埋头把熬制好的药膏团成麻雀蛋大的小丸，塞入一个竹筒中。张伯见师傅不搭理，就赌气走出去。丸药做完，段翳又把一页写好的书简放入竹筒，用木塞封好。

第二天一早，张伯肩上挎着布包向段翳告辞，“师傅，我很久没有探望父母，今天准备回去。”段翳点点头，“代我问候两位老人。”接着把竹筒递到张伯手上，“路上如果遇到麻烦，可以打开。”

张伯等待渡船的时候，果然遇到了麻烦。河面很宽，一条渡船每次只能载上十人，所以河边等船过河的人排起了长队。返程的船刚靠岸，几个小官吏模样的人走来，不由分说就要上船，排队的人当然不让，这几人竟拿出棍棒对人群一阵暴打。

岸上一片混乱，张伯的头上也被砸开个血口子。

张伯打开竹筒，取出书简，上面写着："遇河，头破，膏敷。"

现场平静下来，张伯把药膏分给受伤的众人。"我心眼太小了，我应该回到师傅身边。"张伯想。

管辂谈笑间

安平太守王基邀士术管辂来府，同时也邀请了好友刘原和颜牧，刘原是一儒生，也是管辂的同乡，颜牧好《易》，内心十分敬佩管辂。

几个人落座，免不了寒暄。管辂看颜牧时，脸上露出异样的神情，颜牧就问："先生，怎么了？"管辂直言："颜兄膝下有一个十九岁的儿子？"颜牧点头，"恐命不久矣！"颜牧脸色大变。刘原马上接口，"什么原因？"管辂答："天命。"说话间，颜牧已晕死过去，王基赶忙唤来家仆救护。

一阵忙乱，颜牧醒来。

"有什么办法吗？"刘原焦急地问。

"这样，颜先生先回家，准备充足的清酒和做熟的鹿肉，然后带儿子一起过来。"管辂吩咐颜牧。

颜牧走后。管辂对着王基说。"王先生一定有事要问。"

王基清清嗓子，说出自己府上近来发生的几件怪事。

有一对夫妇，都是王府的仆人，前日女仆凌晨生出一个男孩，这男孩一落地，就站起身来，朝着烧炕的灶口要往里钻。又一天，仆人们看见堆放柴火的房子里，地上有一条碗口粗的蛇，嘴里叼着一支毛笔在空中画来画去，像是写字，一会儿后消失不见。更奇怪的是，昨天上午，书房里突然飞进两只鸟来，一只燕子一只乌鸦，两只鸟落在书桌上，像是专门表演，鸣叫着争来斗去，最后乌鸦竟然把燕子啄死，然后若无其事地绕了两圈飞走。

“同时，燕子的尸体也消失不见了。”管辂补充一句。

“是的，”王基点头，“请问先生，这是凶是吉？”

“无凶非吉。”管辂解释说，“不过是宅子老了，各色精怪出来玩闹，玩过头了。灶神抱起男孩往灶口钻，蛇精衔支毛笔模仿先生写字，乌鸦和燕子其实是院子里那棵老槐树精在用影子作怪。魑魅魍魉自成一个世界，有自己的规矩和秩序，和我们的世界偶然连通，不过是视像罢了，没有凶吉可言。”

王基舒口气。刘原追问：“那有什么办法把它们除掉呢？”

“不必，不必！”管辂摇头，“天地之间，万物应和平相处，人与神鬼本无利害冲突，若为正人君子，一切鬼神会敬而远之。”

这时，颜牧匆忙返回，身后跟着一个眉清目秀的年轻人。

“这是我的儿子颜超。”颜牧介绍说，把儿子拉到管辂面前，“快拜过管先生！”

管辂对颜超说："今天下午卯时，你去城外南门对着的山岗，上面有一片桑树林。"说着，他招手让颜超靠近，并附在颜超耳朵上嘀咕了几句。

颜超于卯时来到山岗上，一棵桑树树冠如伞，树下俩白须老者正在石桌上下围棋。颜超轻手轻脚地走过去，把切好的鹿肉装在盘子里摆好，又两边各放一只酒杯斟满，然后退立一旁。俩老者围棋下得专注，见有酒有肉只随手取来送入嘴里，一门心思盯着棋子，颜超并不言语，只不断地添加酒水。终于，坐在北边的老者发现了颜超，怒斥道："哪里来的年轻人，在这里干什么？"颜超赶忙跪在地上，一言不发，只是鸡啄米般叩着头。"又是酒又是肉的，不会是白吃的吧！"南边坐着的老者微笑着，又说，"把册子拿来。"他接过北边老者递的册子，翻开一页，"年轻人，你寿命应该是十九岁，改成九十岁吧。"颜超不敢抬头，只顾叩头。

颜超回到王府，管辂他们正在饮茶谈笑。颜超把刚才的过程描述一遍，大家把脸都转向管辂。

"坐南老者是南斗，管人出生，坐北老者是北斗，掌管寿命，所以生死册在他手里。"管辂略作解释，然后对颜超说，"生不易，长寿更难。年轻人，须好好珍惜，善始善终！"

郭璞逸事

著名术士郭璞为女色撒豆成兵，此事一直不为人知。

当时，郭璞在庐江太守胡孟康府上逗留，胡府有一婢女，虽然穿着粗布衣裳，但颜色娇艳、身材袅娜，郭璞看着心生喜欢。逗留期到，郭璞实在找不出继续待着的理由，心里却又放不下这个女婢。

这天晚上，胡府关门之前，郭璞借故出府，把藏在衣服里的红豆绕胡府撒了一圈。第二天一大早，就听得有人嚷嚷："不好了，不好了，我们的院子被红衣小人围住了。"郭璞急忙去见胡太守。

胡太守携郭璞走出院门，只见一尺高的矮人，面孔模糊，穿着红衣服，密密匝匝地沿着院墙朝一个方向不停奔跑，看着令人心烦。家仆拿着铁具横扫过去，矮人快被碰到时立即消失，铁具收回又恢复如旧。

胡太守发愁地望向郭璞。郭璞说："府上应该有位二十出头的做饭婢女，是她的原因。太守赶快把她卖到二十里外的镇子上，不要讨价还价，越快越好。”

中午饭后，管家回来，说已经卖掉婢女。郭璞吩咐打开院门，然后书一道纸符，扔进院子里的一口水井中，只见那些红衣矮人突然改变方向，跑进院子，争先恐后地跳进水井。

黄昏时分，在远离庐江二十里外的小镇上，郭璞见到了心爱的婢女。他把一串钱币送给帮助他接买婢女的朋友，并再三表示感谢。然后，他拉起婢女的手，双双走进镇上一家上等客栈。

袭调查官还债

鸿寿亭是一个江南小镇，镇上有一家医馆，坐诊大夫叫槐炤。槐炤医术高明，性格宽厚，深受镇上人的信赖。医馆门面朝南三间排开，中间兼作门廊，院内开阔，朝南又是三间为住房，东西各两间是厨房、库房和学徒辛生的住房。

槐炤人当中年，精力充沛，每日接待络绎不绝的病人，忙得不亦乐乎。可是，天有不测风云，槐炤不幸一病不起。“天数，不能勉强。”他对床前的妻子说，“我不日将离你而去，我去后，汝阳方圆几百里将大灾五年。五年里，不管生计如何艰难，千万不要变卖房产。五年后的春天，朝廷会派一个姓袭的调查官来咱们镇上，此人欠我巨债。我已在一块桃木板上刻好文字与符号，你出示给他，他见了便知，绝不会抵赖。木板藏在客厅墙壁的观音画像背后，用时再取。”槐炤一口气说完，望着泪水涟涟的妻子，不放心地招招手，让妻子把耳朵递过来，又轻声说：“一定记住我的话。另外，要小心辛生！”

几天后，槐炤亡故。

果然，槐炤死后第二年，天大旱，田地里颗粒不收。槐炤上有爹娘、下有一对儿女，槐妻带着这一大家子艰难度日，丈夫留下的银两很快就花光了。这时，辛生给槐妻出谋划策，“师娘，不妨把房子卖了换成银两，保命要紧！”槐妻便把槐炤临终前的吩咐告诉辛生，只是没提桃木板的事。

第三年，天持续干旱，镇上的人成群结队地外出逃荒。槐妻动了卖房的心，辛生也在一旁撺掇联系买家，但临到成交，槐妻又咬牙回绝。“师娘，师傅在世时医馆生意一直很好，师傅又一生节俭，应该有积蓄够支撑几年，莫非师傅有事瞒着你？”辛生问。槐妻见连年灾荒，辛生却一直同甘共苦、不离不弃，觉得丈夫或者误解了辛生，就把桃木板的事一并说了出来。

辛生知道师傅不仅医术高明，还是一位卜筮高手，桃木板上刻着的应该是一幅藏宝图。“但是，为什么要等到五年之后，而且，我跟随师傅多年，从来没有听他说过京城有姓袭的朋友！”辛生苦苦思索，“师傅不让卖掉房产，说明财宝就在这座院子里。”他找机会把文字和符号偷偷描在一张纸上，然后把桃木板还给槐妻，“真不明白师傅的意思，不过，咱们听师傅的，再别提卖房子的事了！”

灾荒年份，本地的术士早已外出云游或投亲靠友，辛生每天看着师傅留下的文字和符号一筹莫展。槐炤没有想到，恰好是他不信任的徒弟为他守住了房产。灾荒第四年，槐家已经揭不开锅，槐妻坚决要卖掉院子，辛生苦苦相劝，槐妻才只把家里值钱的东西卖掉，节衣缩食又度过一年。

五年后，春风吹拂，春雨如期而至。一天，镇上传着朝廷调查官已经来到郡府的消息，并称不日将到各地查访。槐妻赶忙打扮干净，取出桃木板，忐忑不安地等着。

辛生陪着槐妻见到了调查官，一问，果然姓袭。槐妻把桃木板呈上，并把丈夫临终前的话复述了一遍。袭调查官听了，愣在一旁。须臾，他似有所悟，取出蓍草摆在桃木板上。良久，他突然一阵大笑，然后说道：

“槐炤真是高士！我根本不认识他，怎么会欠他巨债？他知道死后有大灾荒，怕你们灾荒之年用尽金银，待荒年过后余生贫困，所以把金银千两藏在院子里。他早就知道我也好《易》，而且与他学的卜筮之法同出一源，又算到灾后我会来汝阳郡查访，所以早早把卦象刻在木板上。此卦卦象确实是问债，答案也一目了然。”

袭调查官兴致勃勃随槐妻来到院中，丈量着步子，停在东房窗户前面，踏踏脚，肯定地说：“就在这里。”

辛生取来镬头、铁锹，挖到约两米深，现出一个瓷瓮，上面盖着厚厚的石板，撬开，瓮里整整齐齐地放着十几个布包。辛生把它们搬上来，槐妻战战兢兢地拆开，果然是金条和银锭。槐妻看着，眼泪就流了出来。

事后，辛生拜袭调查官为师，随袭调查官去了京城。

华 蛇

东汉末年，有一个著名的年轻医生华蛇，他风流倜傥、医术高超，深受达官贵人的喜爱。他给人治病有一特点，不管什么病最后都要落在“蛇”身上。

先说河内郡太守刘勋，女儿芳龄十八，长得珠圆玉润，刘勋视作掌上明珠。可是此女却左膝有疮，不痛而痒，请来御医也没有办法，让这个本性安静的女子整日坐卧不宁。刘勋听到华蛇的名号，立刻派人请来，把女儿的病情如实相告。“小病，好治。”华蛇平静地说，“选一条黄狗、两匹好马，晚上喂饱喝足，明天一早用。”

早晨，华蛇吩咐仆人用绳子拴住黄狗的脖子，绳子另一端拴在马尾上，说：“用力抽打马背，让马跑得越快越好，一匹马累了，换第二匹，跑够一百里，然后把拖死的黄狗快速驮回来！”

黄昏，华蛇估计仆人快要返回，就把熬好的汤药让太守女儿喝下，不一会儿，太守女儿就昏昏入睡。“是麻药，对身体没有害处。”他向一旁的太守刘勋解释。此时，被带回的黄狗血肉模糊地躺在地上，华蛇提刀往黄狗左边后腿、与女儿左膝痒处相同位置一割，残留的死血流出来，流到空碗里，然后华蛇把碗端放在女子疮口处。慢慢地见疮口在动，好像里面有什么东西要出来，接着疮口从里面顶开，露出一颗蛇的脑袋。华蛇立刻用准备好的锋利的铁钩钩住蛇头，缓缓用力往外拉，最后拉出一条三尺长的蛇扔在瓷盆里。华蛇指着盆子里的蛇说：“病治好了，就是它在作怪！”

太守刘勋要重金相谢，华蛇拒绝，说扬名就是酬谢。

再说华蛇治咽病：

一日，华蛇纵马在管道上驰骋，越过一辆马车，听见车内一个男人呻吟不止。他勒马停下，拦住马车，说：“我是华蛇，车内男子一定患着严重咽病。”车帘撩起，露出一张痛苦不堪的脸。华蛇继续说，“刚才路过的村子里，有一家卖烧饼的，速去把腌制多日的蒜末姜醋取来，喝上一碗。”那男人下车，车夫驾车赶快返回去。男子把一碗蒜末姜醋喝进肚子里后，一阵呕吐，呕吐物中，有一条小蛇爬来爬去。

华蛇指着小蛇说：“病治好了，就是它在作怪！”

于是江湖传扬：华蛇治病不管男女老少、高低贵贱，有病就治，手到病除，病除见蛇。

华蛇到中年时，突然改名“华佗”，个中原因不得而知。

三士饮酒谈术

一年春季的一天，在扬州一家上等客栈，著名术士郭璞、韩友、严卿碰在一起。三人都好酒，三杯下肚，酒意初萌，很快便开怀畅谈。

郭璞说，他这次来扬州，是受扬州别驾顾球邀请，顾球的妹妹从十岁生病，到现在五十岁了，病魔一直缠身不去。“我私下访他家在世老者，知道他祖上曾经是木匠，经常砍伐树木。一天，他遇到了一棵大树，砍到一半斧头卷刃，又换把新的继续砍，最后砍出一条大蛇，他立刻把蛇剁成几段。当日，树林上空，千鸟盘旋不散，一直到黄昏。当时扬州城里议论纷纷，叹为奇事。”郭璞端酒杯呷上一口，“顾球妹妹从此染病至今，这样的病，两位可有办法治疗？”

“蛇是灵物，应敬而远之，怎么能刀刃相加？”韩友说。

“这病没办法治，只可怜顾球妹妹要代祖上赎罪！”严卿叹道。

“韩兄，你来讲上一段，如何？”郭璞转了话头。

韩友说，前些日子，他有一朋友叫刘世则，女儿重病缠身，曾经请男觋作法，作法后在郊外荒冢掘到数只死狐狸，但病情只是稍减而已。“我换了方法，关门闭户，只留一个小窗格通气，外面罩上密封的布袋。我和病人在屋里，我作法驱出病人体内瘴气，从小窗格逼入布袋。可惜布袋太薄，鼓到极限就破了。第二次，我套上两个布袋，再作法，待驱瘴干净，立刻命屋外人等勒紧袋口，把袋子悬挂在院子里一棵大树的树枝上。”

“后来呢？”郭璞急迫地问。

“二十天后，解开袋子，里面满是狐狸的毛发。当然。刘家女儿的病也彻底痊愈。”韩友说。

郭璞点头，转向严卿。

严卿仰头喝上一杯，笑道：“两位老兄谈术助兴，现在轮到我了。”

严卿说，在家乡会稽，亲朋好友出门远行都要占卜凶吉。一次，好友魏序准备北上，想到年关将近，路上免不了会有盗贼。“我对他说，路上有害，但不是劫数，最好绕道向东50里再往北行。他半信半疑，但执意北行，我只好吩咐他去买一条白毛老狗，行水路时绑在船头。年后，他返回会稽，匆匆跑来拜谢，说他船行半路，船头绑着的狗突然仿佛遭到暴打，惨叫不止，最后无伤而亡。他又说，他买不到白狗，买了一条杂色的，回家后家人说，他离开不久，家里养的几只白鹅也无病而亡。”

“唉，你的朋友不听你的话，白白害了一条狗、几只鹅的命！”郭璞叹口气。

“人命大过狗命、鹅命。”严卿辩道。

“不过，在狗和鹅看来，它们的命要比人的命值钱！”韩友说。

“可我们是人！”三人竟异口同声，不禁相视一笑。

周文王的梦

周文王重用姜太公是因为一个梦：

当年，姜太公年过六旬还只是灌坛县的小县令，但他才能出众，钓鱼、读书之余，就把灌坛小县治理得风调雨顺、民风淳朴。即使如此，却也没有引起高高在上的周文王的注意。

姜太公一直耐心地等待周文王做一个梦。

这夜，周文王梦见一个艳丽的女人，来到他的榻前，不住地抽泣。文王起身，关切地问她为什么哭泣。女子抬起娇艳的脸，说道：

“我是泰山的女儿，嫁给西海神做妻子。明天是我出嫁的日子，可是灌坛县令姜太公却挡住了我的道！”

文王纳闷，问：“他一个小小县令，怎么能挡得了你的道？”

“大王有所不知。”女子回答，“自姜太公做灌坛县令以来，县里百姓已习惯长年里轻风细雨，而我出嫁要携大风疾雨，事必惊扰百姓，现在不知如何是好？”

“不必在意，我关照灌坛百姓就是。”文王说。

第二天，文王派一侍从前往灌坛。侍从回来说，当日，灌坛果然大风疾雨，毁坏了许多房屋和庄稼，百姓怨声载道。

就在灌坛百姓的埋怨声中，姜太公由县令荣升大司马。

远离灌坛千里之外的豫章县，有一个戴侯祠，周围的百姓有求必应。它的前身也是一个梦。

一个豫章女子，没有婚嫁，没有生育，满身是病。一天，她在地里锄完草，扛着锄头走在路上，突然发现路边的乱石中，有一块小石头样子像是人的形状，她弯腰捡了起来。回到家，她把石头擦洗得干干净净，摆在炕桌上。晚上睡觉前，又把它放在枕头边，她说：“睡吧，但愿我能梦见你！”

夜里，女子果然梦见了小石头。小石头问她有什么心愿，她说：“小石头，我只希望我的病全好了。这样，我愿意一辈子侍奉你！”

女子第二天起床后，感觉身体特别轻松。一个月后，感觉换了一个身体。

这个女子姓戴，她变卖了家产，在捡到石头的附近，建起了戴侯祠。

信使胡母班

胡母班穿着河伯赠送的青丝绸鞋轻快地走出长安城，他为半年来一连串的奇遇而暗自欣喜。

胡母班是一介书生，虽家有妻小仍不减游山玩水的兴致。那天，他趁着初春风和日丽，一个人登上泰山。他本住在泰山脚下，常来泰山散步，但今天登临感觉却不同往常，他不由得离开山路，拐进一片树林。树林里特别安静，阳光和树木有些异样，胡母班看见不远处一块大石头上坐着一个马夫打扮的男子。他走过去，男子站起来，迎着胡母班略低下头，说："先生，泰山府君有请！"胡母班惊奇地看着对方。"先生，泰山府君有请！"男子重复一遍。胡母班看出对方不是在开玩笑，下意识地点点头。"请闭上眼睛，往前走。"男子说。胡母班闭上眼睛，往前走了几步。"请睁开吧。"男子客气地说。胡母班睁开眼睛，他已置身一座富丽堂皇的宫殿，一老者走过来，说："先生不必惊慌，这是泰山神府，我是这里的府君，想劳你给我女儿送封信。""你的女儿在哪里？"胡母班见老者和蔼慈祥，精神放松下来。“女儿嫁给河伯为妻，你只需一个人乘船，在河中央屡敲船舷，并轻呼‘青衣’就可以了。”

胡母班闭上眼睛回到树林，手里拿着一片手掌大小如竹牍厚般的金箔，上面是密密麻麻的符号。胡母班没有回家，径直到了离泰山最近的河岸上，租条小船划往河心。他紧张地用手掌拍击船舷，并喊道：“青衣，青衣！”果然，一个婢女打扮的女子冒出水面，只见她脚踏着水面整个身体随波浪起伏，衣裙也随风飘动。婢女取过金箔，审视一番，轻声说：“先生闭上眼睛，只管下船就是。”胡母班已有经验，所以也不害怕，他闭上眼睛，提腿跨过船舷，一脚踏进河里。他感觉河面并不柔软，只是有些起伏不平，没走几步，“先生，请睁开眼睛”。说话者是河伯。河伯是一俊秀男人，气质儒雅，“知道先生是一儒生，欢迎，欢迎！”河伯热情地邀请胡母班就座。“先生喜欢儒学，何不顺便到长安，去大儒董仲舒先生府上逗留些时日，我可事先给董先生通报一声。”胡母班听了真是欣喜若狂，不住点头称谢。

临行，河伯送胡母班一双鞋，说：“这双青丝绸鞋，走水路可不用舟楫，走旱路不觉疲倦。”

胡母班一口气走到长安城，拜在董仲舒门下，听讲、抄文章、随行。一日，他突然想到离家已半年有余，便告别董仲舒，穿着河伯赠送的青丝绸鞋轻快地走出长安城。

他到达泰山，没忙着回家，而是来到那片树林，他准备向泰山府君回复一声：信送到了。但这次拜访却让他的幸运之路拐了弯。

胡母班竟在泰山神府见到了父亲。父亲衣衫褴褛、面黄肌瘦，和上百位同样的男女，在泰山神府开阔的后院建筑房屋，看上去不像做工像是接受惩罚。“父亲，你怎么在这里？”胡母班跪在地上。原来，胡母班离家不久，父亲就患重病不治而亡，父亲在世时罪孽不轻，所以死后被罚三年苦役。胡母班把自己半年来的遭遇告诉了父亲，父亲便说：“儿子，你既然与泰山府君有了交情，何不去请求消去我的罪业，并给我安排一个土地神的职位！”

泰山府君听了胡母班的请求，原来和蔼慈祥的面孔变得冰冷，“先生，你满腹经纶，难道不知道‘生死异路，不可相近’的道理？我会另外酬谢你的。”但胡母班眼前一直浮现着父亲受难的样子，他长跪不起，直到泰山府君答应他的请求。

胡母班愉快地回到家中，一对儿女又长高一截，父亲也如愿去异地做了土地神。胡母班一边耕地种田，一边继续研究学问撰写论文，准备来年送往长安，请董仲舒先生指点。

但不幸悄悄来临。

胡母班的一对儿女，女儿七岁，儿子五岁，竟在一个月里相继丢失。胡母班穿着河伯赠送的青丝绸鞋，找遍了方圆上百里的县城乡村、山山林林、江河湖泊，都没有儿女的踪迹和音信。

他面容憔悴，见到泰山府君。泰山府君说：“我派人去把你的父亲召来，一问便知。”很快，父亲满面红光地出现了，见儿子在场，神情变得不安。“是我想念孙儿孙女，所以把孩子——”

胡母班听罢大哭不止。泰山府君安慰道：“先生，事已至此，不可挽回。你的父亲将继续受罚，你回去吧！”

夜深人静，胡母班悄悄起床，把那双河伯赠送的青丝绸鞋装入木盒。他来到一片荒冢，挖个坑，把木盒放进去。月光皎洁，他仔细地用锹往坑里添土，心里无限的悲伤和悔恨。

名医宋玄

余杭县青年宋玄懵懵懂懂地做了河伯的女婿，四天后又莫名其妙地被送了回来，就像做了一场梦。

那天，宋玄去县城南的岑村赶集，在集市上遇见几位昔日好友，大家相拥走进一家酒馆，一阵海阔天空、杯盏交错。酒酣人散，天已大黑，宋玄脚步踉跄，顾不得跟别人打招呼，牵上拴在树下的马，朝县城方向走去。时值盛夏，烧酒入肚，宋玄感觉身体燥热。马已脱缰不知跑到哪里。也许受湖水的凉意吸引，他不知不觉来到湖水边，洗一把脸，浑身顿觉清凉，他看四周无人，索性脱掉衣服蹚入水中。

“快起，快起，穿好衣服，大人召见！”

宋玄刚进到水里，就听到一个响亮的声音。他赶紧站起，搅动起一圈水花。一个十二三岁的白净少年，衣着整洁，神情不卑不亢，立在水面。

“你家大人是谁？召我做什么？”宋玄上岸，穿好衣服。

“跟我来，不必多言。”少年口气变得生硬。

这时水面分开，现出一条街道，不见有人走动，两旁房屋整饬，灯火若明若暗。宋玄跟着少年，心情忐忑不安，又有些好奇。

来到一座高大排场的建筑前，大门吱吱呀呀地打开。

“自己进去吧。”少年说，然后拐向一边，消失在黑暗中。

宋玄壮着胆子踏入了大门。灯光突然亮了起来，照见院子里亭台楼阁、高树繁花，不似人间景象。

“欢迎，欢迎！果然一表人才！”一儒雅男子迎上来，五官像画出来的，黑白分明，颜色浓艳，后面跟着一群男女，从衣着判断，有官吏、有家眷，人人笑眯眯的，都像刚从画上走下来。

“我是本地河伯。小女十八，当成婚年龄，你若不弃，娶她为妻，婚房嫁妆，一切就绪，咱们明天就办。”男子一口气说完，似在商量，实是命令。

人群让开，闪出一个女子，身材苗条，面容娇艳妩媚，她走到河伯身旁。

“这就是小女，快快见过夫婿！”河伯说。

一切按河伯的安排进行。豪华的筵席持续了三天，第四天才清静下来。

傍晚，吃罢饭，河伯招呼宋玄来到客厅。

河伯说：“婚礼结束了。你也该回去了。”

“回去？”宋玄瞪大了眼。

“是的。礼品已经备好，另外送你三卷药方，一卷脉经、一卷汤方、一卷丸方，你回去认真研读，好好给老百姓看病。”

“可是？”宋玄听着糊涂，想弄明白是怎么回事。

“就不要去与小女告别了，免得伤心。”河伯继续说，“好自为之，十年后还会相见。”

河伯说完，起身离去。

“走吧。”白净少年出现在宋玄面前，口气生硬，不可抗拒。

宋玄乖乖地走在少年前面，步子迈得很慢，他想再看一眼他的新娘，但是，偌大的院子里空无一人。

他沿着来时的路回到了岸上，天已大亮。身边多了两个布包，他提起一个，沉甸甸的，应该是金锭银两。他提起另一个，不重，应该是三大卷医书。

他的马在不远处一棵柳树下打着响鼻。

三天后，宋玄安顿好父母，背上三卷医书，走上江湖行医之路。

十年之后，他要去看他新娘的模样。

秦始皇死法一种

秦始皇，一代帝王，他的死正史上有确凿记载。但，野史上记载的一则小故事，似乎也与他的死有关。

故事是这样的：

秦始皇三十六年，有一个叫郑容的青年男子，从关东步行而来，三月里春风吹拂，郑容心情爽朗。正午时，他刚好路过险峻的函谷关，脚底不时被突出路面的尖石刺破。

正走着，猛听见后面一阵车马声，他不由得回转头。见远处一排白色车马鱼贯而来，秩序井然，路面凸凹不平，车马却如履平地，看不出上下颠簸。“这定非人间队伍。”郑容心想，赶忙让开道路。

车队倏忽就到，白得晃眼。

“路边的行人，你要去哪里？”白光里有人发问。

“去咸阳。”郑容答。

“我是华山使者，有一密信托你送给镐池君。你去咸阳，路过镐池，寻一棵高大粗壮的梓树，下面有块石头，石头上刻有水纹，你拿起来敲树三声，树会裂开一扇小窗，你递入即可。”

从白光中掉出用绸袋装着的一卷牍书，落在郑容手上。

一切如华山使者所言，郑容把密信送进了梓树。

故事最后写道：

郑容没有把石头放在原处，而是装进了自己的口袋。是夜，在咸阳一家客栈里，他就着昏暗的灯光，把玩那块刻着水纹的石头，隐隐约约地，石头的水纹中，现出一行字：“明年，秦始皇死。”

郑容大叫一声，连夜返回镐池，把石头放回梓树下的一片杂草中。

《史记》载：“秦始皇三十七年春，驾崩。”

欧明如愿

庐陵郡有一个年轻人做竹简生意，他把用于刻篆书籍的竹简，从南方成捆成捆地运到北方。他叫欧明。

“欧明，该成家了。”每趟生意忙完回家，老母亲就开始唠叨。

“不急。”欧明文绉绉地答一句，赶紧躲到隔壁的偏屋里去练习篆刻。

欧明出行，需经过彭泽湖，这湖边有一缓坡，坡上有一座庙。庙远离街市，又年久未修，显得破败，香火自然不旺。一天，渡船准备出发，坡上有一个女子的声音传下来：“哪位兄弟给捎双苏绣缎鞋，必有厚报！”

“别出声！恐怕不是人间女子。”船家说。

“好的。”欧明刚要张嘴答应，听船家一说，便把话咽了回去。

返回时，已经是一个月后。欧明把鞋、香火一并放进一个竹箱，回家之前，他来到湖边的小庙里，庙中无人，他便把竹箱放在门边桌子上，拜过佛像后离开。晚上，他取出上好的竹板，却找不见新买的刻刀，他想，估计是放在装鞋和香火的箱子里了。第二天，老母亲破开一条新买的鲤鱼，鱼肚里藏着一把刻刀。欧明一看，正是他丢的那把，不禁会心一笑。

欧明虽然经商，但喜欢读经、刻经，相信神明。他每次乘船彭泽湖上，都要悄悄把若干贵重衣料、饰品和新鲜水果投进湖中供奉湖神。“哪有什么湖神？”做生意的伙伴看见了，就嘲笑他，“莫非湖神能送你个媳妇？”

“说不准。”欧明文绉绉地答一句。

盛夏溽热，南行的人很少，但欧明还是独自跑了一趟。他一个人在岸边等待渡船。渡船来了，他背起行李跳上了船。船不等人，立刻划向对岸。欧明认出船夫不是原来的老者，新船夫的身材和划船的动作像个武士。船到湖心时，突然下沉。欧明来不及惊叫，船已稳稳地落在一条宽阔的街道上，街道的样子像他去过的京城。“这是彭泽湖湖神府，府君命我来接你。”划船的人已换了装束，确是一个年轻的军士，他向欧明解释，“府君感念你每过彭泽湖，都不忘拜谢湖神，这次要回报于你。”

“不敢！”欧明说。

“你一定要想好要什么，到时好向府君提出。”

“提什么呢？”欧明自言自语，又像问年轻军士。

“你结婚了吗？”军士问。

“还没有。”

“那么，你就请求赐给‘如愿’好了！”军士笑道。

“‘如愿’是？”

“你只管请求，得到后就知道了。”军士依然笑着回答。

彭泽湖湖神像一个儒雅的中年学者。欧明按年轻军士的吩咐提了请求。湖神略一踌躇，看一眼军士，笑着答应了。

欧明返回岸上的时候，身旁多了一位步态轻盈的女子。她是彭泽湖神府的婢女，名字叫如愿。

关于运气的两个故事

有的人运气特别好，顺手做一件好事，就能碰到天使。

麋竺，东海朐县人，商人。祖辈经商，到他这代，已是富甲一方。一天，他做完一笔生意，从洛阳返回朐县，眼看着剩下二十余里的路程，这时车夫勒住马车，说有一个女子拦在车前。麋竺撩帘下车，一个相貌端庄的女子站在路旁，请求搭车去朐县。朐县不大，上千户人家，麋竺几乎都认识，眼前的女子很生疏，麋竺也不便多问。“上车吧。”麋竺把女子让入车厢，自己和车夫挤在一起。

已经看见城门的时候，女子要求停车。

“你家住在哪里？顺道就去了。”麋竺说。

“不必了，我是天使，来这里办事，办完就离开。”女子说。

“办什么事？”麋竺肃然起敬，好奇地多问了一句。

“看你行事仗义，不妨告诉你。”女子说，“朐县有一富商麋竺，祖上缺德，今日将受到惩罚。”

“如何惩罚？”麋竺惊问。

“一把火烧了。”女子坚决地说。

“我就是朐县麋竺，请求宽恕！”麋竺扑通跪在地上。

“惩罚不能更改。不过，你可以先回一步，我稍后再去。”

麋竺赶到家中，把珍宝、财物搬到别处。中午，麋家无故火起，黄昏，宫殿一样的宅子化为灰烬。大火没有伤及麋家之外的一砖一瓦。

事后，城里人议论：“麋家积德了，着火时家里没人！”

麋竺心里清楚，是自己运气好，老天放了他一马。

可是，有的人运气就极差，神带着礼物来到门前，他还要把神拒之门外。

戴文谋，一隐士，在山西阳城山中找一开阔地带，盖几间房子，用粗树枝作篱笆，围起一个大院子。一天上午，他在菜园里浇水，忽听见空中有声音说：“先生，我是天帝使，准备在你这里待上几天，可以吗？”戴文谋疑惑着没有回答。“先生是有什么疑惑吗？”刚才的声音继续问。“没有，只是家里简陋，不便招待贵客！”戴文谋仰头回答。“没有关系，我晚上就来。”话毕，只剩下一阵风声。

晚上，戴文谋扫洒神龛，把面食、水果摆上供桌，燃着三炷檀香。一旁，妻子小声说：“如果是鬼魅捣乱，如何是好？”“我也有些疑惑。”戴文谋答。

“既然先生如此猜疑，就不打搅了。”院子里有声音传进来，戴文谋夫妇赶忙来到院里。院子一片明亮，一只大鸟悬在空中，像一棵树的树冠，它羽毛绚烂，左右各五只白色羽毛的鸠鸟，嘴里都衔着野果大的珠子，院子里的光亮就是从这十颗珠子发出的。戴文谋惊愕之际，大鸟突然转身，往山顶方向飞去，其余十只鸠鸟跟在后面，光亮像一条大道铺在阳城山上空。

事后，戴文谋把这件事告诉来访的友人。

“怎么会呢，鬼魅没有化为大鸟的能力。”友人说，“可惜那十颗夜明珠，那应该是送给你的礼物！”

戴文谋顿生后悔，他失去了与神交流的机会，也许是一生唯一的一次。

郭璞失算

郭璞是著名术士，长年辗转于各郡太守府上，备受尊敬与厚待。

这次，他被宣城太守殷佑聘作参军，伴在太守左右。这天，有军士来报，城外有一怪物，硬往城里闯，现在被众军士挡在城门外。

郭璞随太守站在城墙门楼上，城外的怪物看得一目了然。

怪物像一头水牛，浑身灰不溜丢，不长毛发。头像漏斗漏嘴朝前，胸前尾部有刺眼的白光发出。郭璞取出蓍草摆卦，对太守说："这个怪物叫驴鼠，应该除掉。"

太守说："稍等，我吩咐主簿去城隍庙了，等他回来。"

城下，一众军士与怪物对峙着，军士的长矛刺入怪物身体，拔出后伤口却自然愈合如初。

主簿回来，汇报说："快放行，庙里的神巫说，这不是怪物，是庐山神府的信使，路过这里。"

怪物穿过城里的街道，并不伤一草一木，出城后绝尘而去。

几天后，郭璞告辞，太守殷佑苦苦挽留，郭璞还是执意离去。

丁　姑

丁姑青纱遮面，身着白衣，站在牛渚津渡口，身后站着一个婢女。渡口周围，远远近近站着或蹲着等船的人，有的干脆坐在滚烫的沙子上。一艘船靠过来，船上两个打鱼的壮汉，赤着臂膀，轻佻地喊道：

“喂，穿白衣的俊俏女子，上船吧！”

“不过，条件是做我的娘子！”

丁姑一动不动。身后的婢女往前一步，像要发作，丁姑用手拦住。

“哈哈哈……”一阵浪笑中，船驶开了。

“哈哈哈……”岸上的人们也跟着一起哄笑。

这时，另一艘船靠过来，船上载着成捆成捆的芦苇，只在船头留着船夫的位置。

婢女走近，对船夫说：

“我家主人有急事要到对岸，等不来渡船。可以乘你的船过去吗？”

船夫摘掉斗笠，露出一张晒红的脸，是一位老者。他答道：

“你们干干净净的，我的船上又挤又脏。”

“不妨事的。”

老者把半船芦苇卸在岸上，腾出地方让丁姑和婢女上了船。

到了对岸，丁姑拿出银两谢过老者，“老人家，我是神女丁姑，自己完全可以过河。可是，近来本地民风不淳，人们不敬鬼神，没有约束，所以我显形示迹，以彰教化。一会儿返回时，你可以将遇到的事情告诉人们。”

“老人家，卸下芦苇，空船回吧！”婢女补充说，一边动手帮忙。

老者轻快地划船返程，离岸不远，就看见岸上声音喧闹，人们围在一处指指点点。老者把船抛了锚，挤过去，只见先前调笑丁姑的那两个船夫躺在沙滩上，口吐白沫，浑身抽搐，表情极其痛苦。

“快看！快看！”突然，人群外有人惊奇地叫喊。

人们散开，循声望去。河面上，数千条红色的鲤鱼跳起又落下，好像在故意表演给人看，而且，鱼群跳跃着逐渐向岸边移动，一阵风吹来，竟把鱼群全部吹进了老者的船里。

鬼 友

如果与鬼交上了朋友，后果会是什么呢?

书生周式从家乡下邳去山东曲阜游学，离家走出不远，在窄窄的山道上，就遇见一个官吏打扮的人，俩人自然聊了起来。

“我姓阎，年龄比你大，就称我阎兄吧。”对方说。

阎兄满腹经纶，在周式面前尽显兄长风范，几天下来，周式对这位邂逅的兄长毕恭毕敬。周式年少聪颖，礼节周全，阎兄看着也是满心喜欢。一路上，俩人话极投机，结拜成了兄弟。

进入山东地界，阎兄要绕道北去。临别，他对周式说：

“小弟，我们相识一场，现在我必须实话实说。我是阎府鬼吏，手中的死亡名册上有你的名字。你不必害怕，我们既然已是兄弟，为兄会给你想办法。记住，回家后三年内不要出门，我来想办法!”

周式听了这一席话，已愣在一旁，他当然相信阎兄的话。

游学匆匆结束，周式返回家乡。两年后的一天，周式的叔叔去世，叔叔的院子在周家隔壁，父亲吩咐他过去吊唁，周式找理由拒绝。父亲怒道："你这小子，读书读得不懂仁义了，你叔叔生前对你多好，过去烧炷香磕个头也做不到？"周式又把阎兄的话说上一遍，但这次父亲却没有苟同："一派胡言！给老子去。"周式不得已，只好穿戴整齐，迈出院门。

周式迈出院门，第一眼看见的竟然是阎兄。阎兄虽然风尘仆仆，但冲淡不去儒雅的气质。他后面跟着一个尖嘴猴腮的人，鬼鬼祟祟乱转的眼睛，停在了周式的身上。周式正要打招呼，阎兄用眼神示意他赶紧离开。他们一前一后进了叔叔家院子。

阎兄支开他的跟班，走近周式，"你怎么跑出来了？"周式道出原委。

"我每次违背天数，假装说找不到你，每次都要承受鞭挞作为处罚。我说过你只要挨过三年，自会有人搭救你。这次，可怎么办？"阎兄焦躁不安，"那个跟班已经认出了你，不出三日，你就……"

"看来天数是违抗不了的。"周式无奈地说，然后抬头看向天空，"以后就享受不到阳光了。"他心想。

院子里，人声嘈杂，压过了哭声。

周式没有选择等待。第二天，他挑了几卷喜欢的书，放进蓝布包里。他对父亲说，要再次去山东曲阜游学，哭泣的母亲也没能挽留住他。

他迈出院门，再没有回来。

农民张助

南顿农民张助无意间种了一棵“神树”。

春天里，张助在自家的二亩薄田上播种，看见地上有一枚李子核，便捡起来往地埂上扔去。地埂上有一棵老桑树，树干中间木质腐烂，风吹雨打就成了个小坑，李子核就恰巧落在小坑里。张助觉得有趣，随手又铲一锹湿土扔进去，并用锹背把湿土使劲拍了几拍。

春播结束，张助就北上做生意去了。

李子核吸吮着老桑树的营养，到夏天就抽出了枝条。庄稼地里没有遮拦，阳光充足地照射着，到秋天李子的枝条长粗长高，俨然是一棵茂盛的李子树。有人路过，看见一棵老桑树的半腰里长出一棵李子树，啧啧称奇。“张助家田地里，长出一棵奇树！”消息不胫而走，有闲人还结伴专程前来观赏。

这天，来了一个害红眼病的人，他对着这棵奇树说；“桑李君在上，求治好我的眼病，我会杀头猪感谢您！”这人的眼睛几天后不治而愈，他觉得是桑李君暗中使了力，便信守承诺宰了头猪供在桑李树下。

“张助家田地里的那棵奇树，是神树，有求必应！”消息传开，来求神的人络绎不绝。

收秋季节，张助从京城返回。当他来到田地，立刻愣住了，老桑树上挂满红色绸带，上面写着祈福的文字，树下还摆着一张供桌。庄稼倒伏成一片，枝杆和叶子都被踩进土地里。看得出来，庄稼还没长成就被踩倒了。

很快，他知道了事情的原委，不禁哑然失笑。

第二天，张助备好斧头，来到地里。这时，树前已有三三两两供神的人。张助搬开供桌，也不解释，抡起斧头一阵猛砍。在旁人的叫嚷声中，“神树”轰然倒地。

“张助砍倒了‘神树’！”消息传开，不满的人们纠集起来，找到南顿的几位老人，要求惩罚张助。

“也许，张助是神，要不他敢砍树？”一个老人说。

“我也在想，‘神树’为什么偏偏长在他家地里？”另一个老人附和。

“张助肯定是神！”前面那个老人语气坚决。

一年后，南顿农民张助已经习惯了接受人们的供奉和祭拜，并且用“神的语言”与乡亲们交流。

一面之交

散骑侍郎汝南王司马祐用文字记录了他与赵公明府参左短暂的交往：

母亲于去年安详地离开人世。我能够以七十岁的高龄给近百岁的老母送终，要感谢赵公明府参左，我现在都不知道他的名字，我和他也只有一面之交。

五十岁那年，我疾病缠身，剧烈的咳嗽让母亲为我彻夜无眠，皇帝派御医为我诊断治疗，御医无计可施，等于是给我判了死刑。我是独子，父亲早逝，我放心不下母亲。疾病加担心，让我在等待死亡的时间里，终日神情恍惚、以泪洗面。

一天，家仆来报，说有客人求见。客人跨进客厅就说，他是赵公明府参左，奉命来通报我的离世之期。“看来，我的死期到了。”心里想着，我努力打起精神，起身迎客。站在眼前的人，身材适中，仪表堂堂。“先生，我在世时，也是朝廷命官，我们算是同道。”参左主动打开话题，“先生官至散骑侍郎，在皇帝身旁走动，应该既贵且富，但感觉先生性情高洁，家境清贫。”“是啊，我为官清廉，到现在一命呜呼之际，竟没有足够的积蓄可留下来颐养老母。”参左的话触到我的痛处，“我为老母担忧！”“我想想办法。”参左安慰道，“先留一支辟邪朱笔，不要用它写字，白天插在发髻上。现在，你躺到床上去。”我依言躺到床上，盖好被子。“先生的身体内有巨火，用水浇灭就好了。”参左说着，伸手从空中取出一把木瓢，瓢里已经盛着清水，隔着被子，他沿着我的身体把水轻轻泼尽。“好的，先生，放心休息吧。其他的事情不必过虑！”我感觉参左的话有催眠的力量，竟来不及说声“谢谢”就昏然入睡。

我醒来时，母亲坐在床前垂泪。看到我睁开眼睛，她神色激动，说不出话来。“参左呢？客人呢？”我问。“什么参左，什么客人？”母亲惊异地回答，“你昏睡了一天一夜，我坐在这里，没有人来过。”

今年，我七十岁，头发稀疏，但我仍然把一支朱笔，费力地插在发髻上。有人打趣说，头上顶着一支朱笔，样子很滑稽。我不予理睬。在我心里，它是我和参左一面之交的见证，它提醒我，在不知道的地方，我还有一个知交。这让我激动，更让我渴望。我相信，我很快就可以和他见面了。

异象若干种

帝国广袤的土地上，发生了无数异象，解释众说纷纭，至今莫衷一是。本文简要记录。

先记动物：

商纣时，通往皇宫的石砌路面，一只锅盖大的乌龟，身披棕色毛发，缓缓爬行，像一位心气沉稳的大臣。后面跟着一只兔子，头上长着两只尖角，像出鞘的匕首。它们用一个上午的时间，来到皇宫散发着强烈沉香气味的门槛前，然后消失不见。一路上，它们没有交谈，沿路也没有留下任何痕迹。

周宣王三十三年，一位猎人把高大的马匹牵入马厩，第二天早晨牵出时，马匹变成了一只狡猾的狐狸。他惊讶之际，狐狸逃脱，跑入屋后的深山。年轻的猎人把此事禀报了官府，遭到一顿鞭打。

秦惠文王五年，有人献给文王一头长着五条腿的牛。这头牛被圈养在万宝园内。它走路的样子滑稽，经常被自己的腿绊倒，惹来嫔妃们开心的笑声。

汉文帝十二年，吴地献上一匹头上长角的马，耳朵前面，左角长二寸，右角长三寸，但不尖锐。文帝下令，挑选牡马配种繁殖，组建一支天下无敌的铁骑。没有成功。

昭帝时，官吏中流行牵上戴着帽子的狗互相拜访。有时，一条狗戴着官帽，大摇大摆步入皇宫，守卫的兵士不予阻拦。

汉宣帝黄龙元年，未央殿庞大的鸡舍里，一只母鸡在孵出一窝鸡崽后，走出鸡舍，跳上舍顶，伸长脖子引吭高歌。它声音嘹亮，叫声中，羽毛由白变红，鸡冠迅速地向上膨胀。此情此景，让负责饲养的宫女目瞪口呆。

秦孝公二十一年，一户农民的母马生下一个婴儿，婴儿没有任何异常。邻人扬言，主人用婴儿换走幼马，因为婴儿为私生子。公堂上，农民称，邻人因地基问题与他素有仇隙。最后不欢而散。

泰山山桑谷口，一棵五丈五尺的松柏树冠之上，高擎着巨大的鸢窝。黄昏归巢前，几十只鸢鸟在空中盘旋，成为泰山一大景观。成帝河平元年二月庚子，一只鸢鸟衔一根燃烧的树枝，扔在鸟巢上，火光骤起，众鸢纷纷坠落，好像火焰是新建的巢穴。火熄灭，松柏完好无损。

魏黄初元年，未央宫宽敞的屋檐下，从泥巴筑成的燕子窝里，飞出一只雏鹰。数月后，长大的鹰无法进入窄小的窝。它离开时，有力的翅膀快速扇动，瞬间就在燕子的视线内消失。

景帝三年十一月某日，在楚国吕县县城上空，数千只黑色乌鸦混战在一起，从纷纷掉落在地面的乌鸦身上，可分辨出是通体黑色的乌鸦与颈部有白色羽毛的乌鸦在争斗。混战持续了一个时辰，乌鸦的叫声由起初的兴奋变成疼痛。战争结束，人们抬头，天上是清一色的黑色乌鸦。它们迅速地离开，扇动的翅膀显得非常疲惫。吕县县城的居民用去一个白天的时间，清理乌鸦的尸体、羽毛和溅在屋顶、地面的血污。

汉武帝太始四年七月，赵国的城外聚集起上千条蛇，它们从城门的缝隙、墙角、地下窜入城中。城里的居民猝不及防，纷纷爬上城墙和屋顶躲避。他们惊讶地发现，城里也潜藏着数量均等的蛇，它们从不知道的地方窜出，保卫自己的家园。蛇与蛇之间的战争异常缓慢，它们纠缠在一起，直到一方窒息。战争从黄昏开始，居民在城墙和屋顶上，度过了一个胆战心惊的长夜。早晨，街道上遍布着蛇的尸体，有的僵直、有的弯曲，数量无法统计，胜负不辨。

汉昭帝元凤元年九月，燕国的皇门前，一只黄鼠弯着脖子衔着尾巴，不停地旋转。燕王很快赶到，他对所有难解的事情充满好奇。他不让兵士惊动旋转中的黄鼠，只吩咐把上好的酒肉恭敬地摆在地上。黄鼠接受了燕王的好意，更加卖力，舍不得浪费时间享受美味。一个时辰过去，燕王对它没有创意的旋转生出厌倦，携众臣返回皇宫。一天一夜后，黄鼠筋疲力尽，倒地而亡。

汉成帝建始四年九月，长安城繁华的城南集市，成百只老鼠口衔枯黄的树叶、细枝，爬上几棵粗壮茂盛的榆树。它们像鸟儿一样筑巢，并旁若无人地住在巢中。若干天后，它们离开。有好事者攀到树上查看，巢内积满黏稠的粪便，散发着强烈的恶臭。

再记植物：

哀帝建平三年，零陵县大山里，伐木者砍倒一棵粗壮的松树，削去枝干，放置在太阳下暴晒。三个月后，伐木者带雇工来取树干，却见砍倒的松树返立原地，枝叶茂盛，完好如初，树干上找不到被斧头砍过的痕迹。

成帝永始元年二月，河南街邮县城中一棵樗树，一夜之间，树枝变成人头的形状。望上去，好像树上趴满了隐去身体只露着头颅的人。这些头颅，眉目清楚，没有头发，辨不出男女。记载文字中，没有提到这些头颅可否与人交流，什么时间消失。

建安二十五年正月，魏武帝在洛阳修建起始殿，工匠奉命砍伐濯龙苑的树木，一刀下去血流如注，斧头和把柄都被染红。移植梨树时，树根像是血管，不慎碰伤，即血流不止。

关于龙：

鲁昭公十九年，雨后的郑国洧水上空，出现了数道彩虹，顷刻，彩虹化为两条暴怒的龙，激烈争斗。争斗的时间极短，只有少数人看见。

汉惠帝二年正月，兰陵县城东，有人汲水时，发现清澈的井水中盘着两条龙。一直等到午夜，才见两条龙从井中飞出，其时，井边黑压压地站满了虔诚的居民。

关于人事：

秦始皇二十年秋，临洮郊外出现十二个巨人，身高五丈，穿着奇形怪状的衣服，衣服的材料像树皮。他们沉默地排队前行，步伐整齐，好像听着口令。他们离开后，惊诧的农民丈量留在庄稼地里的脚印，足有六尺多长。

汉景帝元年九月，胶东下密村一位年近七十的老者，头上长出角来。角上附着一层柔软的绒毛，据同村的猎户考证，应为鹿角。长角的部位不痛不痒，也不影响日常生活，只是梳头时颇费周折。

哀帝建平四年四月，山阴县方与村女子田无啬，分娩前两个月，腹中胎儿夜夜啼哭。分娩后依然啼哭不止。田氏拒绝哺乳，执意把婴儿埋到荒郊。但是，婴儿并没有停止啼哭，而且声音更加响亮，深夜从荒郊走过的人听到不寒而栗。田氏无奈，从土中掘出婴儿，婴儿重见天日，对着田氏破涕为笑。

魏襄王十三年，一个妙龄女子变成男子，女子的出生地、具体年龄，以及变化过程的细节和伴随的复杂情绪，均没有记录。后来，他娶妻生子，过着普通男人的生活，家人和邻居也逐渐把他的过去遗忘。

汉献帝初平中，长沙郊区，一个桓姓妇女弯腰搬取田里的石头时，一头栽在石头上，当场死亡。按乡俗，装着她的棺木停放在郊外。在子女和亲戚的哭声中，她的母亲听到棺木中有微弱的叩击声。开棺后，桓姓妇女自己爬出，穿过目瞪口呆的人群，来到田地，重新搬起那块置她死地的石头，扔进地埂边的草丛中。然后，她拍掉手上的尘土，回到家中开始烧火做饭。她对她的死亡经历没有任何记忆，母亲和她说起，她神情专注，像在听一个遥远的传奇故事。

汉平帝元始元年二月，朔方郡广牧县二十七岁女子赵春，因病亡故。葬后月余，有熟悉的人在另外一个县城的街道上遇见她，向她打招呼，她称自己迷路多日，找不到归家的道路。

灵帝熹平二年元月，洛阳虎贲寺院东壁有暗影浮动，只显出轮廓。寺里的僧人和信众仔细辨认，看出是一个身体宽大的人，在墙壁上来回走动，不急不缓，似有所思。当时，方圆百里的人都来争相观看。

汉桓帝元嘉中，大将军梁翼驰骋疆场累建功勋，妻子孙寿带着一帮同僚妻妾，每天在梁府里莺歌燕舞。孙寿有着极高的表演天赋，她把发髻散开，半披在脸上，显出鬼魅之态，眉毛里面一端对称上挑，仿佛有万般惆怅，眼睛下面点上一点，好像泪滴，走路无力，似有无限慵懒。一个贵妇打发时光的化装表演，竟引得京城妇女争相效仿，连整日在地里劳作的农家女子，也要在晚上偷偷试着模仿一番。有术士占卜，说京城上空有妖魅之气。一年后，梁翼因犯上被满门抄斩，孙寿的鬼魅形象遭到人们的诟病。

关于皇帝：

汉灵帝在位时，喜欢和宫女们玩游戏。他让宫女扮作客栈的主人，自己扮作客人。他身着普通衣衫，点好酒食和菜肴，并邀宫女共食共饮。他乐此不疲，仿佛其中有无限趣味。然而，候在旁边的大臣却忧心忡忡，担心这是关乎社稷危亡的坏兆头。

汉灵帝光和四年，夏天的一场大雨中，高大的皇宫门前阒寂无人。守卫兵士的头领解步，听见重物拍打地面积水的声音，他循声望去，大雨中一个巨人向宫门走来。他赶紧招呼兵士们冒雨上前阻拦。巨人停下脚步，手指皇宫说道："我，是上天派来做天子的。"雨声中，字字清晰可辨。巨人说完，转身离开，消失在瓢泼大雨中。解步和兵士至死没有把此事向上禀报。

吴孙权太元元年八月初一，平静的江面突然刮起大风，江水翻滚，岸上整饬的上千株陵树拔地而起。大雨倾盆而下，天地之间黑暗混乱，令人绝望。暴风雨持续了两天两夜。风平浪静后，大地一片狼藉。一块石碑换了姿势躺在江边，上面的文字清晰耀眼。据记载，这场灾难发生在孙权驾崩前一年。

其他：

某年某日，会稽山阴县琅琊山的一位猎户，在追逐一头野猪时，被一座陌生的山挡住了去路，这也让他怀疑自己莫非转晕了头。他用一声响亮的呼哨唤来同伴。这时，从面前的山里，走出一位陌生的猎人，他的表情同样惊讶。他说他是东武县人，一大早就钻进山里，他听见了呼哨声。东武与山阴相隔百里，一座山悄然移动，让两地百姓平庸的生活，顿添一丝神秘与虚幻。

周隐王二年四月，齐地的一块农田突然拔地而起，正在这块田里干活的农民身体摇晃。农田涨到一丈多高，四周峭壁一样直立。人们扛来梯子，让上面的农民赶快下来，他们战战兢兢，惊魂不定。

昭帝元凤三年正月，泰山芜莱山南，持续传来众人喧闹的声音，官府派士兵前往探看。一块小山一样大的石头躺在地上，像被看不见的人们支撑着，要把它直立起来，声音围绕着石头，听上去有千人之多。石头立了起来，疲倦的叫喊声这才停息。寂静中，地面突然响起翅膀拍动的声音，上千只白鸟陆续飞起，绕着巨石盘旋，有的落在巨石上停歇片刻，然后，它们仿佛听到了命令，一起朝东方飞去，像一片快速移动的白云。士兵们目睹了这一切。官府认为这是瑞兆，奏报了朝廷。

汉元帝永兴二年八月，一场春雨断断续续，到正午，突然雷声滚滚，雨中夹杂着鸡蛋大的冰雹，但这些冰雹好像重量不足，在空中飘飘忽忽，落在地上也没有力度，砸不起水花。雨过天晴，人们走出家门，好奇地捡起没有融化的冰雹，发现它们都是草团，里面还夹带着细小的树枝和动物的粪便。

蜀景耀五年，皇宫里一棵粗壮的柏树无故折断，茂密的树冠掉在地上，折断处如刀切过般整齐。树身突兀，像一个砍掉脑袋的巨人。时任光禄大夫的谯周，认为这是凶兆，他为之忧虑，彻夜难眠。

异象若干种及解释

晋泰始三年秋，张掖太守焦胜接到报告，说猎人在城南的深山里发现一组神秘图案，图案刻在人迹罕至的悬崖石壁上。秋阳暴晒，身体臃肿的焦胜艰难地攀上三丈高的石壁，吩咐随行的石匠把图案拓在几块白布上。图案甚为简单，用时断时续的线条凿成：五匹轮廓矫健的马，骑者手执长戟，马头朝向东方。但上面几行文字，模糊不清，让焦胜绞尽脑汁。几天后，官吏张隆堂敲开焦胜书房的门，他破解了其中的三个字，并呈上精心绘制的《张掖郡玄石图》。三个字是："王""大吉"。焦胜看罢，当即亲自拟好奏文，派亲信送往京城。望着亲信拍马绝尘而去，焦胜开始焦急地等待来自京城的好消息。

晋武帝泰始初，皇城热闹的街衢上，行人衣着怪异。男人穿着窄小的粗布上衣，裤子却肥大宽松，用绸缎做成，腰间束着各色带子。女人穿着两个裆的裤子，内衣的领子很长，翻出来盖住了外面的衣服。有术士认为，此为放纵之象，但官府没有下令禁止。

晋太康四年，会稽郡的稻田被成群的老鼠糟蹋。一个儿童发现，河里的小虾小蟹爬到岸上，立刻变成瘦小的老鼠，迫不及待地奔向稻田。是年，会稽郡大灾，庄稼颗粒无收。入冬，老鼠无以果腹，四散而去。无解。

晋武帝太康六年，南阳郡的猎户捕获了一只猛虎，这只猛虎只用两条后腿直立。仔细查看，身体没有损伤的痕迹。猛虎被囚禁在官府后院的仓库，饮食不进，深夜，惊恐和暴怒的叫声让听到的人噩梦不断。半月后，猛虎绝食而亡，面对瘦弱的虎尸，被迫清理的兵士心有余悸，不敢接近。有术士断为凶兆。

太康年间，武器仓库房顶有野猫出没，守卫兵士顺木梯而上，发现房顶有两条鲤鱼，阳光照着鳞片有些晃眼。有术士断为凶兆，但兵士们认为是恶作剧。

元泰年间，通往皇城的官道上，经常出现成堆的破鞋。起初，负责管理交通的官吏不以为然，只安排所属路段的雇工清理。但第二天，破鞋依旧成堆。官吏派人连夜蹲伏发现，发现是一只只身体灵巧的狐狸，从垃圾、草丛中衔来废弃的破鞋，堆在一起。它们动作诡异、小心，目标明确，像在执行任务，然后一哄而散。如此行为，引起官吏的惊恐。请术士占卜，说有乱臣要阻塞王命的传达。另一个术士，又说下民要聚众闹事。官吏莫衷一是，不敢贸然上奏，惶惶不可终日。

晋惠帝永兴元年，长沙城外，一场激烈的战斗刚刚结束。攻打长沙的是晋武帝的儿子司马颖，攻城不下，他把队伍退到三十里外一个平坦地带驻扎下来。深夜，军师轻声唤醒了他，领他走到帐外。帐外，兵士们怀抱长戟，靠着战车入睡，脸面肮脏，睡相困顿、疲惫。夜色中，戟锋上闪着细小的光，像是磷火，密密麻麻。司马颖心里一阵烦乱。军师说，这场战争必败无疑。第二天，司马颖按计划继续攻打长沙城，直到全军覆没，战斗过程异常惨烈。

太安年间，江夏郡功曹聘益喜欢饲养牛，他的坐骑是一头健壮的牛。一天，去郡府路上，牛说，天下将大乱，主人躲避为妙。聘益见牛开口说话，大吃一惊。牛继续说，现在就回家吧。聘益在惊慌中继续前行，来到郡府。他不敢声张，溜了出来拜见江夏第一术士刘弥。刘弥占卜后说，牛本性善良，所言不假。聘益数夜不睡，辗转反侧。几天后，聘益换了坐骑，换成一匹精良的骏马。他精神焕发，勤练武艺，期待天下大乱时有所作为。初秋，体格健壮的农民张昌起兵造反，他率领同乡和热血沸腾的追随者，一路杀到江夏。此时，聘益已深思熟虑，早做好准备。他带领弟弟和郡内部分军士，扯起白旗，与张昌里应外合，一个时辰就拿下江夏。渴望光宗耀祖的聘益与张昌一拍即合、相见恨晚。起义军一鼓作气攻占荆州、徐州等五座城池。然而，农民张昌不懂军事，蛮气使完，发现等待起义军的是冬季漫长的寒冷和饥饿。大雪纷纷，起义军被帝国庞大的铁骑剿灭。聘益被俘，遣回江夏。皇帝下旨，聘益满门抄斩。

东晋大臣王敦每天伺候着皇帝，心里却盘算着自己如何能当上皇帝。若干同僚明白他的心思，但不敢声张、议论。晋元帝太兴初年，王敦下令兵士发髻改用红色布袋束之，一者颜色热烈、鲜艳，再者紧急状态下，还可以解下盛放干粮。有术士占卜，说这是犯上之兆。三年，王敦自忖，羽扇无柄，展收不便，就吩咐匠人加长尾柄。王敦摇着新制的有柄羽扇，上朝堂、会宾朋。有术士占卜，说这是想抓皇帝的把柄。四年，王敦出巡，随行甚众。仪仗队前面开道，心细眼尖的人发现，仪仗的木柄顶端开着白花，形状酷似朵朵莲花。此事传回京城，术士继续占卜，说莲花长在枯木上，几天就败了，犯上的人不会得逞。果然，备受皇帝梦熬煎的王敦终于起兵谋反，但术士早已一语箴破，几天就败了。

术士郭璞在延陵做客时，对在座的无锡太守张宽说，无锡境内，恐有歹毒之木以祥瑞之形生长。第二年，即永嘉元年正月，无锡城东一大户人家花园，有四株茱萸树连理而生，引亲朋好友前来观看。但奇怪的是，各种飞虫、爬虫只要靠近，立刻毙命掉到地上。在延陵时，郭璞还说，毒木出现，是作乱之兆。无锡太守张宽站在茱萸树前，百思不得其解：谁将作乱？

商汤断臂祭天

商族年轻的首领汤，在灭夏的关键时刻遇到了难题。起义军驻扎在一望无际的洛川平原，河水枯竭，井水刚好够居民饮用。

大战在即，没有足够的水烹煮食物，上万兵士身形疲惫、口干舌燥。

汤足足睡了一觉后，命令将领们在帐外搭建祭台。太阳升起，汤脱去衣服，浑身赤裸，跪在祭台上。到中午时分，阳光开始像针尖一样刺进汤的皮肤，又像吸管一样抽取汤体内的水分。汤一阵一阵地晕眩，但天空无动于衷。

军师让随军的男觋占卜，男觋为难地对军师说："早晨已占卜过，需要汤王断臂祭天。""可以换成别人吗？"男觋摇头。军师走上祭台，把男觋的话转告了汤。"好吧。"汤说，"一条臂膀换一个国家，值得！"军师把早准备好的腰刀送到汤的面前。

汤的左臂被自己一刀砍落，太阳还来不及躲开，天空就洒下瓢泼大雨。跪在祭台下的兵士们开始疯狂地高呼："汤王！雨！汤王！雨！"

疯狂持续着，从战场一直到汤建立起商朝。

姜太公钓鱼

姜太公钓鱼的故事闻名天下，但也有另外的版本：

周文王喜好游猎，出发前照例要摆筮占卜，预知一下吉凶和收获。术士报告说："今天大吉，只能猎到一头异兽。""为什么只有一头？"文王反问。"这头野兽特殊，非虎非豹，非狼非猪，非狐非兔。"术士答。"那是什么？""卦上没说。"术士最后回答。

周文王兴致勃勃，立即携众武士向郊外奔去，马蹄扬起的尘土，很久才落回地面。

果然，树林、草丛、灌木搜了个遍，也没有找到一只兔子，周文王的脸色渐渐阴沉下来。临近中午，厨师急得直拽头发，没有野味，文王会大发雷霆。

"大王，河边有一野兽！"一个武士高声叫道。

周文王放轻脚步奔过去，众武士跟在后面。

几丈开外，河边一块大石板上，一团亮闪闪的东西晃动着，看不清楚是兽是人。"先射上一箭再说！"周文王心想着，已在弓上搭了一支箭射了出去。

“哎哟！”一声大叫传了回来。

周文王射中的，是日后辅助他完成大业的姜太公。

众武士把姜太公抬进帐篷。姜太公身披金属片缀成的披风，把箭挡在了外面。文王见眼前的老者骨骼清奇，目光如炬，心头闪过两个字：“异兽。”

姜太公用这种危险的方式宣誓了对周文王的效忠。

范氏街上

一个梦引导孔子带着两个弟子来到楚地西北范氏街。他梦见此地长着古槐，从地面无端冒出红色烟气，仿佛仙境，然后梦就醒了。此刻，窄小的范氏街上没有行人，偶尔有蓬头垢面的女人走出来，把夜尿倒入街角的大桶，并不理会他们师徒，转身回屋，“砰”地把门关上。每次，颜回准备上前搭讪，都退回来尴尬地向老师笑笑。

师徒仨茫然地向前走，快到街尽头时，才看见一个小孩子在抽打一只麒麟。孔子的神色紧张起来，颜回加快脚步，一边喊“住手！”声音高而温和。小孩子放下手里的细棍，孔子已经走近。孔子问：

“孩子，你知道打的是什么吗？”

“不知道。我一出门就碰上它，它老蹭我的腿！”

“它是麒麟，是灵兽，蹭你的腿，是在向你示好。它在等我，有事情要告诉我。”孔子弯着腰耐心地解释。

小孩子似懂非懂地点点头。子夏走过来，拉起小孩子的手，避到一边。

麒麟对着孔子闭上眼睛，张口吐出三卷兽皮图画，每卷宽三寸、长八寸，上面还配着密密麻麻的文字。颜回接在手里，呈到孔子面前。孔子睁大眼睛，认真读过。他望着颜回期待的眼睛说：

“天下要变，我们早做准备。”

麒麟化作一股轻烟散去，孔子带着两个弟子急匆匆地离开。

孔子出书

孔子修订《春秋》非常辛苦，完工时已是第二年春天。

孔子修订《春秋》的事情传播开来，但并没有上门索要者。孔子有些纳闷，让颜回从抄本中选出字迹工整的，送到几位国君和名士府上。

但是，又一个月过去，还是没有任何反响。孔子苦恼、烦躁，动不动就发脾气，对饭菜也挑剔起来。

颜回召集几个师兄弟碰头，一起想办法。子夏出了个主意，颜回频频点头。

这天雨后，颜回请老师走出书房来，说准备好了祭拜的物品，要把完成《春秋》的事告知上天。

孔子走到院内，木材垒成的正方形祭台，高一尺许。孔子一步跨上去，盘腿坐在圆形的布垫上，前面一张小桌，上面摆着《春秋》和香炉。这时候，天空架起一道彩虹，弧度开阔，映得天色异常明亮。孔子焚香，闭目，默念修订《春秋》的经过、想法。

一炷香过去，孔子睁开眼，供桌上多了一样东西。一块长方形的黄玉，有两个手掌并在一起大，上面刻着几个字。孔子恭敬地捧在手里，出声念道：“宝书出，天下平。”声音充满惊喜。

孔子用《春秋》祭天的事传开，登门求书的人络绎不绝。

将门虎子

荧惑星，即火星，夜里，它的光飘飘忽忽、若隐若现，像一个生性好动的孩子。

这天，吴国皇城的广场上，将军们的孩子在互相追赶，玩得非常开心。突然，一个高个子的男孩闯进来，对他们推推搡搡。将军们的孩子霸气、勇敢，他们围住高个男孩，质问他来自哪里。高个男孩说，他来自天上。这样的回答，当然没有人相信。一个身体强壮的孩子对这个答案十分恼火，对着高个男孩挥拳一击，高个男孩没有回避，身体向前一迎，拳头像撞到了滚烫的石板上，男孩大叫着倒退几步后跌倒在地上。其他男孩见状，一拥而上，有的出拳、有的出脚，有的捡起石块砸向高个男孩。但是，高个男孩只转了个圈，所有围上来的男孩就被摔了出去，倒地声、叫喊声连成一片。

"有趣！"高个男孩笑着说，像打招呼一样，双手手指向内一屈，趴在地上的孩子们被一股力量卷起，齐刷刷地站了起来。

大家既惊奇又羡慕。

“我确实是天上的荧惑星，奉命来通报一件事情。”高个男孩说，“你们吴国二十一年后灭亡。”

孩子们知道，他们的父亲保卫着吴国，或在遥远的边陲，或在腥风血雨的战场上，而眼前这个奇怪的男孩却说吴国要灭亡。

高个男孩说完话，并不关心孩子们的反应，双脚用力蹬地，炮弹一样蹿上了天空。将军们的孩子聚在一起很久没有散去，他们约定要反抗这个预言。

二十一年后，吴国灭亡。二十一年前在吴国皇城广场上互相追赶的孩子们，全部战死在了疆场。

秦国农民陈仓的一天

太阳能把人烤熟，但农民陈仓却还在地里干活，他想一口气把枯树根挖起来，然后再回家美美地睡上一觉。这截枯树根比他的年龄还大，虽然种地时碍手碍脚，但陈仓却一直懒得动它。今天不知怎的，他心里就想着非要把树根从地里清理出去。

树根被掘起来后，坑底伏着一只毛茸茸的动物。陈仓小心地把它抱出坑，用一根草绳拴住它的一条腿。“这是什么动物呢？从来没有见过。”陈仓心里嘀咕。

“我叫媪，可以给你带来好运。”毛茸茸的动物开口说。

陈仓吃了一惊，但很快平静下来，心想：“没有比种地更倒霉的活计了，如果可以不种地，就算交上好运了！”

“你把我放了，就会有好运的。”媪说。

“可以考虑。”陈仓回答，不过，心里却在说，“我要把你献给秦穆王，听说秦穆王最喜欢稀奇古怪的东西！”

“唉。”媪叹口气，不再说话。

媪在前面，陈仓在后面牵着绳子。他们一前一后走在通往皇宫的路上。

走了一段，迎面奔来两个小孩，扎着小辫，分不清是男孩还是女孩。

“嗨，大叔，这是媪。”是男孩的声音，瓮声瓮气的，“想要杀他，需要戳破他的太阳穴，否则，他刀枪不入！”

陈仓为知晓这个秘密感到高兴。

“大叔，这两个孩子才是秦穆王最需要的。”媪紧张地说，“他俩都叫称宝，一男一女，抓到男孩可以称王天下，抓到女孩可以称霸天下。”

媪话音一落，两个小孩撒腿就跑。“显然，媪说得对。”陈仓扔下绳子，急忙追了上去。

两个孩子朝着树林跑去，跑着跑着，竟变成山鸡，飞进了树林。

陈仓在树林里找了个遍，哪里有山鸡的影子！待他返回原地时，地上只留下一截草绳。

太阳就要落山，秦国农民陈仓折腾了一天，垂头丧气地往家走去。

贾充失踪

丞相贾充军营失踪半日，却在荒林间遭皇帝训斥，整个过程，让他的帐下都督周勤感觉一直在一个梦中没有醒来。

事情的经过如下：

丞相贾充是晋惠帝的岳父，带领大军讨伐吴国，驻扎在项城，离皇城千里之遥。这天，值过夜班的都督周勤在帐中熟睡，他梦见贾充被百余军士押着，走进一片荒凉的树林。他高声呼叫，却被自己的叫声惊醒。他赶忙跑到贾充帐前，守卫的兵士说，丞相已失踪半日，众将军也已出去分头寻找。周勤顾不得召集卫兵，独自牵马奔出军营。好像马也做过同样的梦，不一会儿，就来到一片荒僻的树林前。周勤听见树林里有声音，便翻身下马，循声步入树林。

走到树林深处，眼前的一幕让他不敢相信。这里竟有一座皇宫，大门敞开，殿堂上，年轻的皇帝站在高处，正在训斥贾充。皇帝情绪激动，贾充面如死灰，周围是几位近臣，低着头一动不动。周勤不敢靠近，听不清楚皇帝在说什么。他看见皇帝一挥衣袖，贾充和近臣弯腰倒着退下，周勤急忙离开。

周勤回到军营时，贾充已在帐中等候。周勤进帐，见贾充坐在床前，面如死灰，表情一如刚才所见。“丞相？”周勤轻唤一声。贾充抬起头来，目光迷离，答道：“刚才做了一个梦，梦见皇帝不满我们的行军速度。都督，明天拔营出征。”周勤感觉丞相说话时，仿佛在另外一个世界。

几天后，贾充恢复正常，却从不提及那天的事。周勤时常疑惑，感觉自己在一个梦中没有醒来。

吉兆三事

一

应氏在灶台前埋头做饭，屋子里很安静，只听见案板上有节奏的切菜声。应氏守寡多年，四个儿子中，最小的已年过十八，却都没有成家，这让应氏愁白了头。应氏把菜团蒸在锅里，一会儿工夫，家里就到处弥漫着热气。

应氏想起今天还没给灶王爷上香，赶忙起身，走进里屋。里屋只有一个小窗户，光线暗淡。应氏口中念念有词，点上香，对着神龛磕了三个响头。正要转身，三炷燃红的香头化作三朵小火团，跳跃着像在招手，应氏转身，惊喜地又趴在地上磕了三个响头。

应氏预感有事情要发生，心里暗暗欣喜不已。果然，几天后，她在自家的田地里，掘得一罐黄金。

这是发生在后汉中兴初年的事情，地点在汝南南顿。应氏是应玚的祖母。应玚，著名的文学家，建安七子之一，其才学与品格深受曹植敬佩。

二

雨过天晴，梁山牧张颢打开书房的门窗，让新鲜空气进来。他专注地翻看曹植的《洛神赋》。一个官吏的到来，打断了他的阅读。

官吏手里捧着一块光洁的椭圆形石头，口气神秘地说，刚才，街市上有一只羽毛艳丽的鸟，像从画里飞出来的，一直在空中盘旋，寻寻觅觅，后来鸟突然自己坠落下来，落在地上就变成了这块石头。

张颢把石头接过，分量很轻，感觉里面是空的，放着一件什么东西。张颢取了一把斧头，轻轻一碰，石头裂开，里面果然有一件东西。是一方小小印石，材质不明，手感凉而滋润，黑色，泛着幽光。张颢移近印石，印文清晰，是"洛神"字样。张颢大惊。

数年后，张颢官至太尉。

三

汉武帝征和三年三月的一天，天下大雨，何比干在家中午休，突然家里来了许多宾客，衣着华贵、气质高雅，来宾越来越多，令他应接不暇。这时，妻子来叫他，他醒来，才意识到自己原来做了一个梦。妻子说，门外有一老妪，要进屋避雨。何比干说，“快请进来！”

老妪相貌平常，八十有余，头发花白，佝偻着背，一言不发。何比干端上茶水，老妪摆手谢绝。何比干一直候在旁边，陪老妪听外面的雨声。

雨停了。老妪起身，点头谢过何比干夫妇，倏忽离去。老妪坐过的地方，放着一捆竹简，何比干打开，是一篇家谱，记着何比干后代的姓名和官职。

“梦里那么多的宾客，莫非都是我的后人?！”何比干心想。

何比干时任延尉正。

鸠 鸟

长安郊外的一个农家小屋里，张氏把劳累了一天的身子放在床上，呆看着外面黑下来的天色。这时，一只鸠鸟飞进来，落在床边。张氏挥手驱赶，鸠鸟跳着躲开，却不飞走。张氏很是疲倦，便懒得轰它，不觉睡去。醒来，天已大黑，她摸索着点着灯。刚才鸠鸟栖落的地方放着一件金灿灿的钩子，但两端并不尖锐。张氏内心喜悦，“吉兆！”她想，赶紧揣进怀里。

接下来的两年果然称了张氏的心意，她外出做生意的儿子回来，还带回来媳妇和孙子。第三年，儿子的布匹生意大好，年底，在长安城置了家产，全家搬进了城，又雇了一个女仆。

这天，长安城来了个南方商人，器宇轩昂，看上去来头不小。他住进张家附近的客栈，没用几天就买通了张家女仆，让女仆把张氏的金钩盗了出来。

张家丢了金钩，生意越做越差。然而，喜滋滋地怀揣着金钩的南方商人，也并没有如愿，生意反而每况愈下。无奈，南方商人再返长安，备了厚礼，登门道歉，把金钩送还张家。

金钩姓张，回到张家，张家生意眼看着就又红火起来。

消息传开，长安城里的女人们，每天黄昏都盼望着鸠鸟飞临。

占梦博士

东汉年轻的皇后邓绥，身材高挑，长得妩媚，顾盼之间风情万种。一天，姐妹们在皇家公园嬉戏，突然，天空降下一张软梯，梯级用细绳结成，往上看，飘飘忽忽没有尽头。姐妹们叫叫嚷嚷，却无人敢攀。邓绥摘去凤冠、脱掉鞋子，不顾劝阻攀援而上。起初，她还觉得有些费力，攀爬了一会儿后，竟随心所欲可快可慢。碰到天顶时，邓绥闻见自己身体发出的清香，“出汗了”。她想。她的头上，悬着浑圆的乳白色球体，像女人的乳房，她用手去碰，鼓鼓的，滑滑的，有弹性。低处悬着乳头，她张开嘴，不用踮脚，乳头就送入嘴里。她贪婪地吸吮，须臾就有了强烈的睡意。她醒来时躺在床上，屋外的轻风掀动窗帘。

宫廷占梦博士来了，他是一个羞怯的中年人，低着头听完皇后的讲述。他说：

“皇后，我先讲两个梦，然后再解释您的梦。”接着，他给皇后讲道：

刚上任的中台大人蔡茂，一个月前还是广汉太守。当时，他做了一个梦，梦见乘着快船，直接驶入一座大殿。大殿正梁上长出三枚麦穗，他好奇地想取一枚，身体就腾空而起。他摘下中间一枚，回到船上。梦醒后，托人来询问我，我简单告诉来人，大殿即为朝堂，民以食为天，麦穗表示国家重要职位。其时，三台大公职位正缺中台，蔡太守取了中间一枚，月后果然来京赴任中台大公一职。

武威太守张猛，现已不在人世，自焚时的情景，母亲怀着他时在梦里就预演过。当时，他的父亲即武威太守，深受皇上赏识。母亲怀他八月有余，一天梦见自己登酒楼而歌，歌声动听，引来食客和过往行人围观，场面十分热烈。她把梦告诉丈夫，丈夫又告诉占梦师郭相，即我的老师。老师说，夫人将生个男孩，这个孩子长大后会继承父业，官至武威太守，但最后将丧命在梦里歌唱的酒楼。一切如老师所言，张猛做武威太守时，犯上被剿，不愿受生擒之耻，登酒楼自焚。张猛在大火中高声歌唱，歌声悲壮，歌词模糊不清。其时，围剿的兵士和围观的百姓无不动容。

羞怯的占梦博士一口气讲了两个梦，皇后听得津津有味。"皇后，您有兴趣，我再讲一个。"接着，他又给皇后讲道：

当年，有一对贫穷的夫妇，丈夫姓周，名啧。夫妇俩侍弄庄稼，非常辛苦。这天，看天色不早，夫妇俩极度疲乏，便在田里铺层干草躺下就睡。半夜，他们被一阵车马声惊醒。田地边，停着一辆豪华的马车，高大、威严的卫兵持戟站立守卫。马车边，一个官吏打扮的人，弯腰面向车厢，车厢的帘子掩着，看不见里面的人。夜风凉爽，他们的谈话声清晰传来："这夫妇俩，实在辛苦，但命中受贫，钱财无从来处。""那就先从别人处借吧。""好的，张车子还未出生，先借他的吧。""好的。"说完，马车启动，队伍从夫妇俩面前走过。见队伍走远，夫妇俩倒头又睡。第二天，夫妇俩怎么也琢磨不透，昨夜的遭遇是真是梦。不过，夫妇俩从此好运连连，几年下来，不知不觉竟家资过万。周家一直雇着个女仆，姓张。这年，女仆未婚却已有身孕，周家停放马车的棚子里有一间小房子，周氏就让她住在那里。年底，女仆生下一个儿子，周氏拿些米面过去，顺便问孩子可有名字，女仆回答："车棚里生的孩子，就叫车子吧。""张车子！"周氏心里惊道。夜里，周犊夫妇辗转反侧，"借的，就应该还！"周犊说，周氏点头。早晨，周氏亲自动手把大屋腾出来，让女仆和张车子住进去。后来，周犊夫妇的慷慨让女仆和张车子感激涕零，让邻居们匪夷所思。

"那，周家后来呢？"皇后好奇地问。

"周犊夫妇命中受贫，家道渐衰。不过，张车子却常常救济他们。"

“说说我的梦吧。”皇后靠近占梦博士。

“您的梦，吉不可言。史载，尧帝曾梦到自己攀山而触到天，汤王也梦到过舔食天穹。”

“可是，我是女流之辈？！”皇后忐忑地说。

“天意不可违。”占梦博士轻声说，“有的梦可以说透，有的梦却需要时间来解释。”

一阵沉默。占梦博士继续说：“对我们占梦师来说，梦是真实的。若干年后，汉朝一个皇帝，梦中被死去的先帝呵斥，他醒来后，因惊恐和羞愧而驾崩。再若干年后，一个女人会梦见太阳入怀、月亮入怀，她因此生下两个儿子，这两个儿子将搅动汉室天下。”

“哦！”皇后惊呼一声。占梦博士自知失言，惊慌中抬起一直低着的头。

“退下吧。”皇后对眼前这个双目失明的占梦博士说，语气中流露出同情和怜悯。

几天后，占梦博士受皇后邀请，让他继续说梦。他说：

嘉兴道士吕石午睡时，做了一个梦。他带着徒弟戴本、王思，糊里糊涂来到北斗宫门前，门前拴着三匹马，一匹高大，毛发纯白，另外两匹矮一些，毛发杂色。吕石很喜欢白色的那匹，走过去解开缰绳翻身上马，戴本、王思也跟着如法炮制，骑在另外两匹马上。吕石两腿一夹马腹准备离开，突然从宫门内传出声音，说：“让他们骑走吧，明天去牵回来！”吕石听了心里一惊，赶忙向后猛拉缰绳，但马像离弦之箭，已经跑出很远。三匹马发疯般奔跑，伴着戴本、王思的高声欢叫，吕石却胆战心惊，渴望马快快停下。梦醒，吕石大汗淋漓，他稍微躺了一会儿，起身，唤来戴本、王思。他说：“你俩赶紧回家。”两人莫名其妙，但见老师脸色凝重，不敢问询。三天后，师徒仨不病而亡。

“太沉闷了，讲一个有趣的吧。”皇后提议。

“好的。”占梦博士接着讲下去：

去年，我在永嘉太守郭伯猷府上小住。他的侄子郭泰，是个孤儿，从小跟着郭伯猷，俩人亲如父子。郭泰天资聪颖，对占梦之术颇有兴趣，郭伯猷也有意让他拜我为师。我没有答应，却愿意多住些时日，对他考察一番。夏天最热的那几天，郭伯猷病了，本地名医轮流坐诊，但病情却不见好。郭伯猷唤我到床榻前，求我想办法，我没有迟疑，答应下来。晚上，我躺在他身旁，我们并不交谈，只闭上眼睛，以便尽快入睡。我进入了他的梦。开阔的江面，光线暗淡，冷风刺骨。郭伯猷在水中挣扎，头探出水面时便叫一声“救命”，但马上又沉入水中。江面上没有船影，更看不到岸在哪里。我被他恐怖的叫声惊醒。他稍微平静下来，对我讲了梦中的情景，说：“每夜都在水中挣扎。”他歇一口气，又说，“快耗尽力气了。”第二天晚上，我继续躺在他身旁。梦里，我划着小船费力地往江心移动，打算去搭救他。但来迟一步，他已经上了一艘大船。我拦在大船前，请求上船。须臾，船上放下一条软梯，我攀上去。进入船舱，里面灯火辉煌，与外面黑黢黢的江面比，简直是两个世界。一位老者坐在一张大桌后面，“你是谁？”他低头翻看一卷竹简，疑惑地问。我回答了老者，并说明来意。“你为什么要为郭伯猷求生？”“他有恩于我。”“可是，”老者迟疑着，“如何向阎府交代？”老者考虑片刻，挥手让我离开。早晨，郭伯猷醒来，目光中泛出精气，说，一条小船把他载回家里，他极度疲乏，睡到现在醒来。又看着我说，“划船的好像是你！”郭伯猷的病一天天好起来，我的视力却一天天在减弱。我离开郭府回到老师身旁时，眼睛什么也看不见了。

占梦博士讲完，等待皇后的问话。

“为什么？”皇后轻声问了一句。

“梦中的老者取走我的光明，与郭伯猷的生命做了交换。”占梦博士回答。

刺客眉间尺

不可一世的楚王近日来噩梦连连，梦里一个手持利剑的蒙面女子，频频出剑刺向他的胸部，他用剑去挡，却既发不出刀刃碰撞的声音，也感觉不到对方击剑的力度，即使不慎被对方刺中，剑身也如影子没入身体，没有任何感觉。但对方殴斗不止、穷追不息，弄得他疲惫不堪，夜夜如此，让他深感恐惧。“我一定要扯下她的面具，看看她究竟是谁！”楚王暗下决心，“既然彼此的剑都伤不到对方，干脆弃剑而徒手搏之，先弄清她的真面目再说。”

楚王没有把梦告诉任何人。

这天，楚王迫不及待地进入梦乡，那位蒙面女子如期而至。一番打斗之后，楚王突然弃剑，让对方一剑刺中心脏。瞬间，对方的身体向前迫近，楚王扬手扯下面纱。

“是你？”楚王大叫。

对方惊骇之际，把手中的剑朝自己的脖子上一抹，倒地而亡。

第二天，楚王下令，悬赏寻找一个妇人的尸体。一时间，都城的街道上，从各地而来的马车络绎不绝，马车上都载着刚刚死去的妇人。楚王不厌其烦，一一查看，均愤而摇头。

深夜，一辆马车停在皇宫门口，卫兵急忙禀报，失眠的楚王从床榻上起身，来到马车前。兵士报告说，马车自己缓缓驰来，没有赶车的人。楚王掀起尸布，惊骇地认出了梦中的妇人。妇人脸色红润，双目紧闭，表情祥和，像是在死前发生了让她极度满足的事情。

望着楚王惊骇的表情，身旁的大臣禁不住询问：

“大王，您认得此人？”

“你们看吧。”楚王说完，转身回到王宫。

几位大臣蹭上前来一看，都张大了嘴巴，不约而同地轻呼道：

“莫邪！”

莫邪，全楚国无人不知，她的丈夫干将更是天下闻名，两个著名的铸剑师，一对新婚不久的夫妇。当年，一块奇石从天而降，楚国没有人能够识得，就猜测是女娲补天漏掉的巨石，遂命名“青天石”。这块石头有洞口这么大，从郊外运到铸剑的院子，用了足足十天时间。楚王命令干将、莫邪夫妇用巨石铸剑。夫妇俩不舍昼夜。三年后，一块巨石只炼出两把剑的材料。又过了些时日，剑铸成，一雄一雌，雄剑手柄雕一根树枝，雌剑雕一朵桃花。半夜，干将唤醒妻子，“行李已经打点好，快骑上备好的马匹从后门逃跑，去南面深山里避难。”妻子不解，干将急忙解释，“楚王已派兵围住院子，怕我携剑潜逃。只要我在，他们不会动手。楚王奸诈狡猾，他要用这两把剑称雄天下，所以献剑之时就是我们的死期。”莫邪从后院逃出，不久，院子就被兵士围困，干将虽挥剑奋力阻挡，但寡不敌众，终被乱箭射死。

莫邪带着身孕逃进南山时，后面跟着一队追兵。一只白色的母猿把她带入一个山洞。追兵堵在黑黢黢的洞口，声嘶力竭地恐吓，却不敢进入。带队的军官下令在洞口点火，企图用浓烟呛出莫邪与白猿，但里面飞出的石块砸在军官的脸上，军官当场被砸掉三颗门牙，血流不止。军官捂着嘴仓皇而归，后面跟着幸灾乐祸的兵士。几个月后，莫邪生下一个男婴，却因受到惊吓而没有奶水。白猿唤来各种哺乳期的动物，男婴吸吮着充足的奶水，一边用小手扯拽动物们的毛发，发出“咯咯咯”的笑声。男婴取名赤，又因他两只眼睛之间距离超过常人，也唤作眉间尺。不过，这一切隐没在崇山峻岭之中，并不为世人所知。

楚王吩咐厚葬莫邪。

几天后，楚王的梦里又出现了一个蒙面的刺客，这回是一个中年男子，他像是莫邪的翻版，招式没有变化，连剑刺入身体的感觉也没有两样。楚王兴致索然，在第二个夜晚，就用对付莫邪的办法扯下了对方的面纱。在面纱扯下的一瞬间，楚王觉得眼前的面庞似曾相识，却不料对方也挥剑一扬，脑袋像西瓜一样滚落在地上。

楚王在惊叫中醒来，却怎么也想不起来刺客的确切模样。

第二天，楚王下令，悬赏一个中年人的尸体。黄昏前皇宫的大门前，只驰来了九辆马车，楚王一一查看，没有一个是昨夜死去的中年人。楚王一宿未眠，等待一辆无人赶来的马车，但天大亮时，楚王的房门前依然没有兵士的脚步声响起。

从此，楚王夜夜失眠，精神恍惚。

一天，一辆马车停在皇宫门前，兵士们惊喜地发现，马车上载着一个死去的中年人，这个人曾经是当朝的将军，在不久前的政变中逃逸。

“养由基！”兵士们喊道。

楚王也认出了养由基，他就是让楚王朝思暮想的那个蒙面人。

楚王找到了中年刺客的尸体，又安安稳稳地度过了几个夜晚。但是，他担心的情形再次出现：他的梦里又出现了一个刺客，不过这个刺客没有蒙面。

“楚王，我将在梦中取了你的性命。”刺客说。

楚王呆呆地望着对方，这是一张陌生的脸，但两只眼睛之间的距离超过常人。

“我是眉间尺，是干将和莫邪的儿子。”刺客平静地说。

楚王心里一惊，但依然镇静地问：

“你凭什么取我的性命呢？”

“仇恨。”

“好吧，我们开始吧。”

因为对方没有了面纱，楚王找不到置对方于死地的方法，而对方似乎对胜负毫无兴趣，而是陶醉于没完没了的打斗中，这让楚王夜夜筋疲力尽。

半年后，楚王死了，史书记载，楚王死于秦国的囚牢里，其实，楚王真正的死因像夜色一样凝固在那个深夜。

那天深夜，楚王疲倦地向眉间尺提议：

“我们到梦外去决斗吧。”

“不。”眉间尺坚决地回答。

“好吧。”

楚王绝望地说，扬手挥剑削掉了自己的脑袋。

东方朔逸事

汉武帝出巡，身边带着文武双全的东方朔。一路上，风土人情、鬼神掌故，东方朔娓娓道来，汉武帝心情大好，“可是，什么时候能够见识到你的真本领呢？”汉武帝每次听完东方朔的讲解，总要补上这么一句。

这天，路经无锡。无锡大灾，沿路田地里的庄稼千疮百孔，树木像麻风病人满身斑点。“有没有办法呢？”汉武帝问东方朔。东方朔清楚，汉武帝是要看自己有没有真本领。“试试吧！”东方朔回答。

东方朔让无锡太守找到一间弃置很久的房子。他推门进去，里面阴冷、潮湿、昏暗，落满灰尘的蜘蛛网时不时地罩在脸上，脚落到地面也不知会踩到什么。他的到来，打乱了这间房子里原有的秩序，从声音判断，老鼠、蛇在窜，各种蚊蚋在飞。他摸索着在屋子里不停走动。他终于听到幼蝗抖动薄翅的声音，他打着火石，准确地朝薄翅抖动的地方扔去。火光骤起，燃烧的噼啪声越来越响，火焰朝深处烧去，烧成一个通红的洞穴，深不见底。火焰熄灭后，东方朔走出房子。汉武帝见他灰头土脸的样子，禁不住哈哈大笑。第二天，无锡太守来报，说郡内蝗虫尽被烧死，地里铺着烧焦的蝗虫的尸体，密密匝匝。

汉武帝一行离开无锡，无锡郡的百姓跪在官道两边相送。汉武帝挺直腰板，面带笑容，接受百姓的膜拜，不时瞥一眼车辇右侧骑在马上的东方朔。

几天后，汉武帝一行沿长江江岸东行。中午，队伍驻扎在江边一浅水湾内。汉武帝找一块高地，兴致勃勃地观赏长江风景。突然，江中搅起一阵激浪，蹿出一头巨鳖，探头张嘴咬住汉武帝的车辇拖入水中，然后急驶而去。所有人都惊呆了。只见一个身影从岸边掠起，像一只白鹤，衣袂飘飘，速度极快。他跟着那头巨鳖，巨鳖拐弯，他也拐弯，巨鳖直行，他也直行。巨鳖暴怒，甩动尾巴向上击打，那白衣人挺剑猛刺。巨鳖吐掉车辇，张嘴欲吞白衣人。白衣人掠到巨鳖身后，朝巨鳖脖子一挥，一道红光喷出，巨鳖倒入江中，激起巨浪。白衣人冲入巨浪中，出来时，右手牵着皇帝的车辇。到了岸上，惊呆了的人们才看清楚，这个白鹤般飘逸的英雄，正是东方朔！

东方朔回到岸上，却衣袂未湿，神态自若。

汉武帝一行浩浩荡荡，出巡一月有余，准备返回京城。这天，队伍穿过一片荒郊，一只怪物挡住了去路。军士们挥舞刀枪，却伤不到怪物皮毛。汉武帝携东方朔靠前观望。怪物身高数丈，像一头放大几十倍的牛，看上去有些虚假。四条宫殿柱子一般粗的腿，膝盖以下陷入地里，庞大的身躯像在原地踏步而不前行。一对车轮大的眼睛，混浊得令人恶心。这只怪物正好塞在官道上，两旁是怪石嶙峋、杂草丛生的荒地，车辆无法通行。汉武帝又把目光落在东方朔身上。

东方朔唤来军官，命令支起大锅，倒满醇酒，推到怪物嘴边。怪物闻到酒味，竟贪婪地猛喝起来，一会儿就见了锅底。东方朔命军官继续加满，怪物又是一阵猛喝。汉武帝看着怪物的身躯，变得越来越小。怪物喝完五锅后，变得像一头小牛犊子一样大，心满意足地离开官道，向荒地深处走去，左右摇晃，好像喝醉了一样。汉武帝一脸疑问，东方朔上前解释说："皇上，这里是荒郊野外，几百年的坟场，郁积着莫名的阴气与怨气，这只怪物就是气积而生。酒能解气忘忧，它喝个饱，才能自己离开。"

回到京城，沿途发生的这几件事，汉武帝早已忘却，东方朔也从不提起。

曾子与周畅

曾子是孔子的学生，跟随老师在楚国游学。这天，曾子正坐在凉席上听老师讲如何治理国家。一阵风吹过来，曾子感觉心脏抽搐了一下，表情也跟着有些变化。细心的老师停止讲课，关切地问：

“曾参，你怎么了？”

“没什么。老师，您继续讲课吧！”曾子平静地回答。

下课后，曾子敲开老师的门。曾子说：

“老师，我请一个月假，回家看看。”

“家里发生什么事了？”

“没有。”

“发生了什么事，应该告诉老师。”孔子语气中带着责备。

“老师，母亲想念我的时候，就会啃啮手指，我的心脏也会随着抽搐。”曾子认真地说。

第二天，孔子备了一份礼物，让曾子带给他的母亲。

三百年后，河南洛阳郡府，有一个官吏，名叫周畅。母亲呼唤他时，只要啃啮手指即可。同僚不相信。有一次，周畅陪太守郊外狩猎，几个同僚赶到周畅家中，对周畅母亲说找周畅有要事。周畅母亲急忙抬手啃啮手指，不一会儿，周畅果然大汗淋漓地闯了进来。后来，周畅官至河南尹。

周畅有个至交，嗜好儒学，知道曾子的事。他觉得，虽然相隔三百年，但曾子和周畅是同一个人。

鲤　鱼

冬天的江面，冰结得有五尺厚。渔夫王祥架起柴火，把火点着。柴火有一人高，都是结实的松木段。火堆旁的冰迅速融化，发出“嘶嘶”的响声。但是，当柴火烧成灰烬，又和刚融化的水结成在一起。火熄灭后，江面不但没有烧开窟窿，反而隆起来一个大包，弄得王祥哭笑不得。

王祥返回家中。母亲问：“祥儿，钓回鲤鱼来了？”“还没有。”王祥一边回答，一边取出一把锤子，别在腰后，又找出一截干木工活用的凿子。

王祥凿冰的进度非常缓慢。江面寒风吹过，没有遮拦，把他头上的棉帽子也吹跑了。他两手通红、发麻。他不停地干活，一停下来，身上的汗就结成冰，让他浑身止不住地哆嗦。接近黄昏，他实在没有力气了，一屁股坐在冰面上。一天的辛苦，只凿出一个浅坑，半条腿深。“鲤鱼。”他喃喃自语，绝望的眼泪流出来结成冰，挂在眼角。

“小伙子，这样会冻死的！”

突然，一个老人出现在他面前，身着单衣，胡子花白。

“寒冬季节，不是打鱼时间，你为什么非要一条鲤鱼呢？”老人不解地问。

“母亲病重，想吃这口。”王祥回答。

“你没有想到用火吗？”

“用过了，但一边融化一边结冰，不行。”

“没有试着用身体吗？体温。”老人换一种口气问。

“火都不行，体温能行吗？”王祥摇头。

“没有试过，怎么知道不行呢？”老人撂下一句，扭身离开。

王祥很晚才回到家里，母亲已经熟睡。他轻手轻脚，把一条一尺长的鲤鱼清理干净，清炖在锅里。一会儿，鱼香唤醒了母亲。

第二天，王祥睡到午后才醒来。他闻见手上还残留着鱼腥味。他努力在想，昨夜，他确实脱去衣服，把身体铺到冰面，但冰并没有融化。他又想，记得老人返了回来，手里提着一条鲤鱼。

黄　金

隆虑县有一个人，姓郭名巨，生性宽厚、善良。郭巨家中兄弟三人，他是老大。父亲去世后，两个弟弟闹着要分家。家产全部变卖后，两个弟弟各取一半，郭巨分文未得。

“还好，我没有得到钱财，却得到了母亲。”郭巨安慰气呼呼的妻子。

郭巨夫妇搬出老宅，在城边租了一间小房子，把母亲安顿下来。夫妇俩早出晚归，干些零活，挣得的钱刚够糊口。母亲的身体渐渐衰弱，郭巨心里万分着急。冬天到了，活不好找，采暖费用加大，郭巨一家变得异常拮据。年关，妻子生下一个男婴。本该是件快乐的事情，却给这个艰难度日的家庭，增加了忧愁。

郭巨一番深思熟虑后，避开母亲对妻子说：

“我考虑过了，到郊外找一块荒地，把儿子埋了吧。”

妻子像被雷击了一般，怔怔地看着丈夫。

“等日子好了，再生一个。”郭巨继续说。

妻子摇头。

“就这样定了。”郭巨坚决地说。

晚上，母亲入睡后，郭巨抱起出生一天的儿子，推门走进茫茫夜色。妻子躺在炕上，失魂落魄。

后半夜，郭巨回来。妻子听见儿子的呼吸声，“腾”地从炕上坐起。

“我改变主意了。”郭巨对妻子说，把儿子送入妻子怀中。

若干年后，郭巨成为当地巨富，以乐善好施闻名乡里。他告诉妻子那天夜里发生的事情：他抱着儿子匆匆走在荒郊野外，寻找合适的地方。儿子一直在沉睡，走过一棵枯树时，儿子突然大哭不止。郭巨把儿子撂在地上，朝着树旁的空地抡起镢头，镢头砸在冻土上冒出火星。挖到约三尺深时，他感觉镢头下面情况异常，取火石仔细一看，有一石盖，翻开，下面是黄澄澄的金条。

眼　疾

夏季，院子里各种花儿都开了，但清香让母亲苦恼。母亲双目失明，盛彦找遍名医，都无济于事。母亲的苦恼变成烦躁、怨气，全都撒在婢女身上，盛彦已经换过三个婢女。

这天，母亲对第四个婢女大发雷霆，挑剔饭菜难吃。盛彦劝过母亲，告诉婢女说，有公务要离家几天，并请她担待病母。婢女满口答应。下午，婢女一会儿进厕所，一会儿进柴房，一会儿又弯腰在院里挖什么。做晚饭时，她捧着满满一碗蛆虫、蜘蛛、金龟子等，倒入锅中，炒熟，再盛入碗里，端到盛彦母亲手里。老太太用鼻子沿着碗边嗅嗅，"好香！"老太太说。一连几天，老太太吃着有些恶心，但儿子不在，她不敢发作，只是悄悄地留一些藏起来。

母亲把藏起来的食物给盛彦看，说："开始吃时很香，到最后就恶心了。"

盛彦用手指捏起，放到眼前仔细辨认，又塞进嘴里慢慢咀嚼。他忍住没有呕吐，却没有忍住眼泪，放声大哭。哭声惊动了婢女，她悄悄打点好行装，夺门而走。

几天后，母亲的眼睛奇迹般好了。院子里的花开得正好，香气也比以前浓了许多。

事后，奇迹出现的原因，人们都说是盛彦的孝心。但也有人说，是婢女歪打正着，治好了老太太的眼疾。

朝廷命官

后汉时，广汉郡左使谅辅，为人正直、为官清廉。每日临出门，都要立于神龛前誓言明志，求天地鉴察。几年后，他升任从事，更加严格约束自己，事必躬亲。当年，广汉郡大旱，百姓们自发组织，轮流祈雨，但老天没有一丝反应。每天正午时分，身体衰弱的广汉太守立于广场中央，仰头祈祷，但老天并不垂怜。谅辅请求太守架起柴火，要自焚祈雨。太守无奈，老泪纵横，点头答应。自焚前，谅辅默祷："上天，我愿以死相求，求雨水一日。"点着火后，火焰从外围开始燃烧，谅辅感觉自己裹在一团热浪中，身体要被蒸发。接着，一丝凉意袭来，洗尽燥热。欢呼声让他睁开眼睛，雨水倾盆而下，下了一天一夜。

谅辅晚年，已升为广汉太守。广汉境内，民风淳正，百姓安居乐业。谅辅卸任，读书作诗，以茶会友，不亦乐乎。一天，老友闲聊，说碾河上有树木作怪，常常攻击来往船只，让船夫猝不及防。谅辅英雄胆再起，换好行装，取了斧头，直奔碾河。家人阻拦不住，只好跟在后面。碾河宽而深，河中央有一棵树，根、枝干、树叶俱全，像一个巨人炫耀自己的身体与功夫，或上或下，或左或右，或突然翻转，或潜入水底，或腾空而起。谅辅驾一艘小船，驶向河心，亮闪闪的斧头握在手里。接近怪树时，水中传出众人喧哗的声音，像在激烈争吵。小船继续向前，怪树沉入水里，喧哗声渐远。跟着声音，怪树把水面鼓起，向下游移去。谅辅穷追不舍，一直见怪树露出水面，沉入一片沼泽地里。之后，树怪再未作乱。

据说，谅辅去世后，常见有两只白虎蹲在墓前。

杨伯雍种玉

洛阳城外的无终山，山高缺水，不生草木，布满各种嶙峋怪石。出洛阳往北，必经过此山，一条古道绕到山顶，然后向后山蜿蜒而去。接近山顶，有一间茅草屋，洛阳商人杨伯雍就住在这里。离屋子三丈远，是父母的墓冢，杨伯雍已经守孝居丧将近三年。三年里，杨伯雍见古道上来来往往的行人，路经山顶时口干舌燥，煞是辛苦，便每日早晨下山挑几担井水上来，摆在道旁，供路人解渴，且分文不取。到冬天，他还会把水煮开，备好足够的柴火，供路人饮水取暖。遇到大雪，他起得更早，要从山顶向下扫出一条可以行走的路来。

这天，一个年轻人路过，英姿勃勃，年纪与杨伯雍相仿。年轻人喝过几杯井水后，邀他一起去京城做生意。“真不好意思，守孝还未满三年，我不能离开。”杨伯雍解释说。年轻人并不勉强，稍坐片刻，“这是一袋石子，找一块开阔的石板，把它种上去，时间久了，就会长出美玉”。年轻人从腰间取出一个袋子，放在桌上，起身离开。“你孝期满后，你可来京城找我！”年轻人走出很远，又回头留下一句话。

杨伯雍好奇地望着年轻人的背影，对京城升起了向往。晚上，行人渐少，杨伯雍祭拜过父母，提着石子袋子往山里走去。他熟悉这座山，很快找到一个磨盘，有床那么大，不知什么朝代的人用过，遗留在山的一个转弯处。磨盘上布满凹槽，他正好把石子放进去。“这个年轻人好奇怪。”他心想，然后在磨盘上坐了一会儿。夏天一到，行人需要的水量增大，杨伯雍就起得更早。夏天很快过去，守孝期满，他含泪拜别父母。

杨伯雍来到京城，但人生地不熟，年轻人又没留下姓名和地址。他临街租一间小门面房，用木头制作农具，雕一些动物、人偶，挣到的钱足够维持生活。

房东是一大户人家，姓徐。徐家小姐长得落落大方，经常来小店买些人偶，对杨伯雍很有好感。俩人日久生情，杨伯雍鼓起勇气向徐家求婚。“哈哈哈，”徐家老爷听了先大笑三声，“小伙子，你凭什么娶我的女儿？”一旁的徐氏更是感到匪夷所思，“我的女儿喜欢白玉镯，你能送一双吗？”徐氏开玩笑道。杨伯雍没有吭声，低头退出。

一个月后，杨伯雍回到无终山。父母的墓冢上，长出了青草和野花。茅草屋经受不住风雨，已经坍塌。磨盘上的小石子，变成整块整块的玉石，晶莹剔透、光影迷离。

后来，杨伯雍娶到了徐家小姐。

婚后，杨伯雍对妻子说："我想回到无终山去。你呢？""跟你一起去。"做了杨伯雍妻子的徐家小姐干脆地回答。

夫妻俩在茅草屋的旧址上，盖起了三间房子，围着房子筑起一圈篱笆，朝山路开一个大门，朝父母的墓冢开一扇小门。

日子在季节的更迭中消逝，儿女们像鸟一样飞了出去。磨盘上的玉石堆成了小山，杨伯雍渐渐苍老。"他还会来的，"杨伯雍想，"否则，我的一生就像是幻觉。"

寻父

犍为县功曹叔先泥和公务途中，在城外犍河中溺水身亡。半个月过去，官府派出的船队在上、下游搜了个遍，就是找不到叔先泥和的尸体。

叔先泥和的女儿叔先雄，已经出嫁，膝下儿女成双，儿子五岁，女儿三岁。叔先雄为长女，下面有一个弟弟。这天夜里，她梦见父亲被一丛灌木与藤蔓纠缠，无法脱身，神情烦躁、痛苦。她急忙上前搭救，但有一股力量阻挡着，不管她如何使劲，就是不能靠近。醒来后，她无法入睡，想念着父亲，泪水流了一夜。早晨，她唤来弟弟，吩咐备好船只，又回屋把两个孩子交给丈夫，然后与弟弟驾船到达父亲落水的地方。河水很急，在河心形成漩涡。叔先雄站在船头，对弟弟说，“我去找父亲，你先回吧。”说完，“扑通”一声跳入漩涡中，很快没了人影。惊呆的弟弟大叫“姐姐”，回答他的却是沉闷的水声。当夜，姐姐来到弟弟梦里，告诉他，找到父亲了，明天正午时分，到落水的地方来接父亲。第二天，犍为县令陪弟弟乘船如期到达，父女俩浮在水面，手拉着手，神态安详，没有一丝疲累，像是睡得很深、很沉。

几天后，叔先雄再次来到弟弟梦里，与弟弟告别，说她要陪父亲出一趟远门，估计不会回来了。弟弟在哭泣中醒来，暗自祝福父亲与姐姐一路走好。

公鸡自刎

河南商人乐羊子出门经商，多年杳无音讯。家里几亩薄田，乐氏料理得地肥禾壮。小院子里，种着蔬菜，养着一只公鸡和几只母鸡。乐氏陪着婆婆，日子清贫，但也有盼头，盼望着丈夫早日归来。

这天，乐氏从地里劳作回来，听见屋子里公鸡高声尖叫，急忙扔掉锄头推门而入。婆婆把公鸡的身体夹在两腿之间，左手拽着鸡脖子，右手提着一把菜刀，刀刃已近被拉长的脖子。“婆婆又要杀鸡！”乐氏心说，两步过去，劈手抢下菜刀。婆婆松开双腿，公鸡落地，夺门而逃。“每天叫着，心烦，不如宰了，炖着吃了。”婆婆说。“每天早起，就靠它叫醒。”乐氏反驳道，口气却很温和。

这是婆婆第四次对公鸡下杀手了。第二天，乐氏去地里，后面跟着公鸡。

乐氏年轻漂亮，丈夫常年不在，村里一个无赖贪色，早存上坏心。这天黄昏，这个无赖闯入院子，用胳膊从后面勒住婆婆的身体，右手提刀架在婆婆的脖子上。乐氏闻声从屋里出来，手里也提着一把菜刀。无赖叫嚷着，要乐氏扔掉菜刀，去找东西塞住婆婆的口，再找绳子把婆婆捆起来。乐氏不从，无赖威胁说，“那我先要了她的命，再收拾你！”说着，刀刃又往脖子近了半寸。

“好吧，让我死，留下婆婆的命！”乐氏说着，提起菜刀朝自己的脖子一抹。突然，伴着一阵“咯咯咯”的叫声，那只公鸡一道光线一样，从地面跃起，伸出长长的脖子，挡在菜刀刀刃前。鸡头落地，一股鸡血喷到无赖脸上。无赖在惊叫中撒腿而跑。

婆婆帮助乐氏把公鸡埋在地头。日子恢复了以前的样子，乐氏盼望着丈夫早日归来。

呕　吐

晋武帝咸宁年间，洛阳城内起了瘟疫。染上瘟疫的人呕吐不止，先吐吃进去的食物，接着吐血、吐粪便、吐脏腑，然后身体枯竭而死。死去的人像枯干的树枝，堆到指定地点，官府负责焚烧掩埋。瘟疫没有任何停止的迹象，官府昭告百姓离城躲避，并根据人头发放钱物。

城东庾家算大户人家，父母健在，兄弟五人和睦相处，其乐融融。庾衮排行第四，瘟疫到来，大哥、三哥相继病逝，恐慌和悲痛笼罩着全家。看到官府布告，全家决定躲进山里。此时二哥病得不能行动，而官府严禁百姓携病出城。父亲做主，把病人留下。“你们去吧，我留下照顾二哥。”庾衮诚恳地说。父母不肯，二哥没有说话的力气，用力地摇头。

几天后，洛阳城已是一座空城。官府也搬了出去。庾衮照着古方按时熬药，精心照理着二哥。他等二哥把药喝尽，然后提上装着药水的罐子，挨门挨户给无人照看的病人送去。城里几十个等待死亡的病人，感激地接受庾衮的照顾。过了几天，又有病人死去，庾衮按官府的规定，将遗体焚烧埋葬。二哥病得更重，刚服进去的食物和药水，马上就吐出来，身体软得像一摊泥。他用眼神示意，让庾衮赶快离开，庾衮装着没有领会。

几个月后，城里只留下庾衮兄弟俩。

接连几场大雨，冲洗着洛阳城。雨过天晴，洛阳城变得干净、清爽。深夜，二哥一阵剧烈的呕吐把庾衮吵醒，庾衮习惯地摸黑把呕吐物清理在床边的木盆里。早晨，二哥还在沉睡，却呼吸均匀，脸上现出人的气色。庾衮内心欣喜，他轻手轻脚穿好衣服，跨到地上，端起木盆，准备把呕吐物倒出去。早晨的阳光从窗户缝隙钻进来，有一条落在木盆里，折射起的光变了颜色。庾衮低头看了一眼，木盆里盛着的竟是一堆黄金。

官府派人进城查看，庾衮和二哥出门接待。二哥恢复得很快。过了一阵子，躲避出去的百姓陆续回到城里。庾家团聚悲喜交集，但庾衮没有把黄金的事告诉家人。

“这不是黄金，是对兄弟情深的表彰。”庾衮想，“应该把它供养起来。”

严遵破案

扬州刺史严遵喜欢微服私访。这天，他扮成男觋的模样，带两个年轻跟班出巡。半上午的光景，路过一座村庄，村庄里传出女人的哭声，他驻脚谛听片刻，便快步进入村子。

村子里柳树成荫，很凉快。严遵仨人循着哭声，一会儿就到了一户人家的院子前。院子里是粗布搭起来简陋的灵棚，里面摆着一副棺材。一个穿着丧服的女人见有人进来，止了哭声。严遵上前一步，说自己是一名男觋，受扬州刺史之命，走村串巷察访民情。女人神色有些慌乱，说丈夫在一场火灾中丧身，并指指灵棚后面的房子。房子的门窗洞开，周围是被火烧过后留下的黑色痕迹，看上去当时火势不小。严遵提出，要女人回避一会儿，他要与死人聊几句，女人惊骇万分，赶忙离开。严遵吩咐跟班撬开棺盖，他俯身与死人低语，跟班站在两边，听不清交谈的内容。严遵又把半截身子埋进去，像是查找什么。棺盖重新钉好，严遵朝灵棚鞠了三躬退出来。

第二天，严遵派跟班带几名衙役把女人押回官府。严遵一脸威严，坐在公堂上，女人一见，身体一软，瘫在地上。两个衙役把女人架起来，她结结巴巴地道出了真相。严遵又派衙役把女人供出的奸夫押来，一并打入死牢。

事后，惊讶不已的跟班斗胆向刺史询问，严遵告诉他们，那天，他先听见哭声有假，后又检查了尸体，发现死者系在捆绑状态下烧死。凭以上两条，足以断定另有隐情。

“那，死人和你说了些什么？”跟班问。

严遵没有回答，他吩咐跟班，准备好木工用具，明天扮作木匠出巡。

两棵相思树

战国时代，宋国国君康王暴虐成性，但他对舍人韩凭却关爱有加，原因是韩凭有一个貌美如花的妻子何氏。宋康王无耻地对韩凭说：“把你的妻子送给我，我可以赐你显赫官爵。”韩凭一介书生，性情耿直，一口回绝。宋康王恼羞成怒，先把韩凭关入牢房，再把何氏强行娶入宫中。几个月后，又把韩凭从牢中提出，发配边关做终身苦役。

何氏身在宫中，心系丈夫，任凭康王百般讨好，她始终眉头紧锁。

康王宫中配有一名男觋。男觋青春年少，目睹何氏一往情深、身形憔悴，心生感动与怜惜。他伺机接近何氏，传她造梦口诀。几个月后，何氏可以自由出入韩凭梦境，与韩凭梦中相会。一夜，她与丈夫在河边戏水，水中游过一条鱼来，她喊着“韩凭，快追”，韩凭却突然变成凶神恶煞的康王，挥手对着她的脸抽了一耳光。何氏醒来，脸上火辣辣地疼。昏暗、摇曳的烛光下，康王面孔扭曲，满脸怒气。几天后，宫中传闻，男觋被康王极刑处死。

一年后的一天，康王回到宫中，对何氏说：

“告诉你一个不幸的消息，韩凭在边关得重病而亡。”

何氏听了，如遭电击，但她强忍悲痛，不动声色。康王见何氏没有反应，便不再提起。

上巳节到了，康王携众妃到皇家花园赏花。赏花结束，歌舞表演开始。宽大的看台有一丈多高，看台下铺着大块的石板。何氏跟在康王身旁，打扮得异常美丽。歌舞正酣，何氏几步跑到看台前沿，纵身一跃，扑下看台。看台下，康王把何氏的身体翻过来，只见何氏胸口插着一把匕首，只露出手柄，鲜血从手柄边沿渗出，滴在地上。

康王在何氏的遗物里，发现有留给他的竹简：何氏请求康王开恩，把她与韩凭合葬在一起。康王大怒，立刻下令把韩凭的尸体运到京城，他亲自监工，找一块墓地，把何氏和韩凭分别埋葬，墓冢相隔一丈。他怒气未消，对着墓冢高声嚷道：

“你们的墓冢能靠近一步，我就把你们合葬在一起！”

康王念念不忘何氏。深夜，何氏来到康王梦里，面容姣好，却一言不发。康王不知何故，竟突然消了怒气。这时，何氏才启齿说话，她告诉康王，阴阳两隔，她对康王不再怨恨。说完，缓缓离开，隐入黑暗。

战乱不断，康王陷入令人焦头烂额的战事中。

季节轮换，何氏和韩凭的墓冢没有靠近半步。只是两个墓冢上长出了高大的树木，树冠在空中纠缠，分不清彼此。人们叫不出树木的名字。

多年后，有一个书生从墓冢前路过，他认出，这是两棵相思树。

怪物十一种

贲　羊

春秋末年，鲁国的工匠在一座新建宫殿的院子里凿井。宫殿是为大夫季桓子建造的，因而工匠们特别用心。挖到一丈深时，锹碰到一个瓦器，大家小心地抬到地面，打开盖子，里面卧着一头小羊。刺眼的阳光和工匠们的惊呼，没有让小羊惊慌。小羊气定神闲，一直闭着眼睛。有人急忙去向季桓子报告。季桓子看过后，来到孔子府上。

“挖井挖出一只狗来，先生可有解释？”季桓子问。

“是羊吧。”孔子回答。

“哈哈哈。”季桓子大笑。等了一会儿，见孔子没有开口，又问：“怎么解释？”

“就像挖出水来一样，很正常啊！”孔子说。

“可是羊不应该在地下啊，而且还在一件瓦缶里。”

“难道水就应该在地下吗？”孔子说，“木石中住着魍魉，水中游着罔象，泥土中的羊叫羵羊，只是我们很少见到罢了。”

季桓子疑惑地看着孔子。

“这些在《夏鼎志》上都有记载。”孔子继续说，一边起身走到靠墙立着的巨大木架前，从秩序井然的竹牍中抽出一捆，“送你一卷吧，里面记载的这些怪物还很多。”

季桓子谢过孔子，孔子把他送到院门外。

宫殿院子里，小羊已经在空地上踱步，看上去与普通的羊没什么两样。

犀 犬

晋惠帝元康年间的一天夜里，吴郡娄县人怀瑶被一阵小狗的叫声惊醒，他侧耳倾听，隐隐约约，声音很远，但传来的方向好像就在屋子的地下。第二夜，他干脆把地面打扫干净，铺上干草和褥子，直接睡在地上。半夜，又传来小狗的叫声，清清楚楚就在身体下面。早晨，他找来工具，小心地挖下去。挖了几尺，感觉有洞，他俯身用手拨拉开，小洞里果然蜷曲着两只毛茸茸的黑色小狗。怀瑶把它们抱了上来，小狗友好地叫了几声。仔细辨认，这两只小狗一母一公。怀瑶吩咐家人端来饭食，小狗用鼻子嗅嗅，吞吃起来。

怀瑶向县里的老人询问，老人说，这种狗的名字叫犀犬。

晚上，两只小狗变得焦躁不安，在地上转来转去，嘴里

“嗯嗯”叫着。怀瑶便把它们放回到小洞，上面架一块石板，防止土块掉进去。

几天后，怀瑶在夜里没有听到小狗的叫声。早晨，他挖开、揭起石板，洞里空空如也，土壁完好无损，小狗不知潜到了何处。怀瑶心里顿感失落。

庆 忌

王莽建国四年的一天，池阳宫的空地、屋顶、树梢、窗棂，突然出现一尺高的小人，闪电般乱窜。宫里的人看着眼花，心里恐惧。第二天，王莽赶来，周围是一干文武大臣。小人再次出现，这次的小人有的乘车，有的骑马，有的手提大刀，挥来挥去。速度极快，从人面前驰过时带着风力。王莽看着一阵恶心，呕吐一地。第三天，大批兵士持戟、握刀进驻池阳宫。小人出现，兵士们如临大敌，不敢疏忽。一场怪异的战争开始，兵士们的长戟和大刀，不停地或刺或砍向空气，一直到精疲力竭瘫在地上。小人们却依旧闪电般穿梭，没有一丝倦意。但从第四天开始，小人再没有出现过。

《管子》上说，这些小人的名字叫庆忌。

傒 囊

三国时东吴诸葛恪任丹阳太守，他喜欢狩猎，常穿行在高山峻岭之间。一次，他看见远处两块怪石中间，有一只小猴子，他引箭待发。恍惚间，小猴子好像向他招手，动作夸张。他放下弓箭，带随从策马驰近。

原来是一个小人，长相怪异，但表情和善，不让人害怕。小人招着手，神情非常诚恳、迫切。一个随从骑在马上，探手过去。

“别！别！”诸葛恪高喊。

但是，小人的手已经搭在随从手上，只听小人“咯咯咯”笑了三声，声音瘆人，接着，便倒地而亡。随从骇得脸色煞白。

“《白泽图》上记载，这种小人名字叫傒囊。见人，就想拉手，但一碰到人手，便倒地而亡，至今不知何故。”诸葛恪解释说，又对脸色煞白的随从说，“无知者无罪。”

随从感激地点头，反身下马，找一土坑，把傒囊的尸体掩埋起来。

霹雳

晋代扶风农民杨道和，人长得高大结实，胆子也大。这年夏天，雨水特别多，经常还来一阵鸟蛋大的冰雹。这天下午，天又阴沉沉的，一会儿，雷声滚滚，大雨伴着闪电。杨道和躲在树下避雨，看着一个霹雳下来，他挺身而出，扬起明晃晃的锄头迎霹雳击去。只听一声惨叫，叫声高过霹雳，把杨道和震在地上。

杨道和用力撑起身体，不远处，一个奇形怪状的东西倒在地上。

天晴了，村民们围拢过来。地上躺着的像是家畜，但头却像猕猴，尤其嘴唇，红得像血，眼睛就像两面铜镜。

“这就是霹雳？”杨道和说，“我还以为三头六臂呢！”

那年夏天，扶风县境内再没有下过冰雹。

落头民

秦代，南方，人迹罕至的地方，水泽氤氲，居住着落头民部落，他们人数不多，鲜为人知。落头民部落的人，头可自由离开身体，由扇动的耳朵托着，鸟一样到处飞翔。偶尔，有一两个对人间好奇的落头民，也装作奴婢或者仆人，混迹人群当中。

三国东吴大将朱桓，一场大战结束后，在流离失所的难民中，收留了一个俊俏的女婢。女婢聪明、勤快，深得朱桓喜欢。半年后，有仆人禀报朱桓，说女婢是一个落头民，夜里，头颅常常离开身体，从窗户中飞出，拖着长发，到凌晨时才又飞回。隔夜，朱桓和随从在隐蔽处看到，女婢的头颅飞出，便进入女婢居住的屋子。女婢没有头颅的身体安静地躺在炕上，胸部起伏如常，脖颈处平整、光滑，没有裂口。朱桓用手指探一下体温，微凉。白天，朱桓召见女婢，戳穿她的来历，并要她回到部落去，召集更多的落头民，组建一支特殊的队伍。女婢答应，离开朱桓，却没有再回来。

貙 人

长沙郡蛮县东高村，近日里常有老虎出没，却又不伤害人畜。虽然如此，村里还是人心惶惶，黑夜里无法安睡。有人请来邻村的狩猎高手，设下圈套，专等老虎就范。果然，当夜警报响起，惊醒了全村的人。人们点起火把，扛着棍棒，不一会儿就聚在笼子周围。但笼子里困着的却不是老虎，而是一个穿着紫葛色衣服、戴着官帽的健壮男人。他见人们围拢过来，怒气冲冲，高声斥责。他自称本县南村的新任亭长，有要事去长沙郡拜会太守，夜里着急赶路，不慎落入这笼子里。“快放我出去！”他咆哮着。东高村亭长上前，问有没有可以证明身份的东西，笼子里的人掏出一纸文书，亭长接过一看，点头吩咐村民打开笼门。

“请到村里歇歇！”亭长礼貌地招呼道。

那人大步跨出笼子，竟不搭理亭长和村民，加快步伐朝村外走去。走着，走着，突然匍匐在地，身体化作一头老虎，朝黑暗狂奔而去。

惊呆了的村民面面相觑，苦笑着散开。

后来，亭长找读书人询问，方才得知那个健壮男人来自貙人部落。

马 化

蜀地多异物，马化即是一种。马化身高七尺，长得像猴子，跑起来速度极快。本地人分不清马化的雄雌，马化却能分得清男女。马化喜欢女人，尤其是漂亮女人。马化常埋伏在道路旁的石头、灌木后面，看到漂亮的女人，迅速出击，拦腰一抱扛到肩上，飞一样消失在群山中。马化部落对劫持回来的女人，有一套严格的管理办法。女人如果不会生育，将终生留在深山，几年后变成马化。如生育，就让女人带着孩子回家。回家后，孩子长大，与普通人无异。如果不愿养育，悄悄把孩子弄死，女人也会当即死去。

蜀地官府曾派捕快进山围剿，打算救出被掳妇女，但马化部落居住的地方，捕快根本无法接近。

刀劳与鬼弹

临川一带的深山中，也有异物，但从没有人见过它的身形，当地人称其“刀劳”。刀劳常在狂风暴雨天出现。耳朵特别灵的人，如果在风雨声中，听到断断续续的呼啸，那就是刀劳来了。跟着声音，一股股细但力道很劲的液体，横着喷射而来，如果不幸喷到人的身体上，身体会立刻浮肿、疼痛，危及生命。

当地人为避免受刀劳伤害，阴天绝对不进深山。

而在永昌郡不韦县有条禁水河，当地官府处罚犯罪之人，就是在正月到十月的时间里，把他们遣送到这条河周围，不出十天，他们就中毒而亡。因为禁水河的水气有毒，雾蒙蒙的水气中，还有幻影晃动，并不时发出小石子一样的弹子，力道劲猛，能击断树枝，让人即刻毙命。当地人称其为鬼弹。但是到了每年十一月、十二月，禁水河畔空气清爽，光线明净，此时人们便可以自由经过，不受伤害。

冶鸟

越地的深山，树木品种繁多，一年四季颜色常绿。各种动物应有尽有，狩猎的人成群结队。猎户们特别喜欢冶鸟。除了体型超大外，冶鸟外形上与普通鸟没有什么区别。但是，细心的猎户却发现它是灵鸟。

因为山高路远，猎户们上山后一待就是半月。半夜里，草虫都已入眠，冶鸟却总要叫几声。它叫“上山，上山”，猎户们大可高枕无忧待在山上。如果叫的是“下山，下山”，猎户们就要连夜赶紧下山，否则黎明的大雨和山洪将让他们葬身山中。

冶鸟的窝像缩小版的宫殿，建造在山里最高最粗的树上。猎户们不知道冶鸟用什么样的利器，能在树木躯干上凿出那么一个大洞，再用黑白相间的石块，整齐地砌成屋子的形状，门前突出一块石板，方便出入时短暂停留。曾有好奇的猎户靠近，想看清屋子里的摆设，但都被突然出现的虎豹吓跑。

有猎户发现，冶鸟戏耍时，有时变作人身，身材苗条，像是女人，发出的声音呢呢喃喃，非常好听。

蛊

三国时，有人以养蛊为生，营阳郡的廖家就几代养蛊。这年，廖家娶了媳妇，却没有把养蛊的事对她细说。一天，家里无人，新媳妇闲着没事，看见院子墙角有一个大缸，她走过去，好奇地掀开盖在上面的石板。缸里盘着一条蛇，蛇身有小碗粗，懒懒的像在休眠。她用两根木棍把蛇夹了出来，蛇没有反抗。午餐时，新媳妇端上一大盆蛇肉汤，冒着热气。家人一看，一片惊慌，赶忙把热汤摆上供桌，祈求蛇蛊原谅。

蒋家，住在一户养蛊人的隔壁。一天，一个婢女突然得病便血不止，医生诊断后，单独告诉主人，说婢女中蛊了，蛊虫是从隔壁人家跑出来的。医生吩咐取一把嘉草悄悄铺在婢女的褥子底下。当夜，婢女胡言乱语。早晨，婢女起床，像平日一样操持家务，再没有犯病。

泉水传说

泰山东边有一眼井，三尺深，井底铺着石头，石头间留有缝隙，井壁也用石头砌成。当地人称之为醴泉，但井里常年没水。没有人知道这眼枯井何时修建、何人修建，也不知道何人给起的名字，但井边杂草不生，干干净净。

一天，一个年轻的僧人经过，他放下衣钵，端坐醴泉前面，双手合一，打坐片刻。只见醴泉喷出水来，先是细细的一股，落进僧人放在一旁的木钵里。待木钵盛满，那股水又变粗，垂直向上喷射，一会儿就落满醴泉。僧人打坐结束，泉水也停止喷射，路过的人抢上前来，双手捧水送入口中。转眼之间，僧人已飘然而去，醴泉很快又恢复枯竭。

不过，人们逐渐发现，内心明净的人跪在醴泉前面，泉水就喷涌而出。内心龌龊的人，即使跪上一天一夜，泉水也一滴不出。

庐江郡境内有一座霍山，山上没有水。汉武帝把南岳大祭定在霍山，这可急坏了庐江郡的太守和官吏。山上有座小庙，庙里有四尊大鼎，太守命百姓把鼎抬到山顶的祭台。霍山高峻，山路崎岖，四尊大鼎刚刚落定，运水上山的办法还没想好，祭祀之日即刻到来。

太守和官吏硬着头皮，陪汉武帝一行登上霍山祭台。祭祀开始，太守听见鼎内似有水声，心里一阵激动，急忙示意主簿前去探看，果然，四尊大鼎盛满了清澈的泉水。太守马上把此事禀报汉武帝。当日的祭祀异常隆重与虔诚。

圣人孔子的出生地空桑，又名孔窦，此地也有一眼枯井，人称孔窦泉，平日无水，但到祭孔之日，歌舞丝竹声中，枯井中就溢满了泉水。祭祀结束，枯井又恢复原样。

筑 城

秦惠王二十七年，臣子张仪奉命建筑成都城，但奋力修建的城墙，一夜之间就坍塌成一片废墟。精明强干的张仪为此伤透了脑筋。各地招来的能工巧匠换了一批又一批，工匠们夜以继日地研究，变换材料、设计新的造型，都无济于事。焦躁让张仪大病一场。一天，工匠来报，长江中有巨龟浮动。张仪迅速赶到江边，巨龟像在等待他的到来，看到张仪后，巨龟立刻顺着护城河游到东南角停下。张仪靠近查看，巨龟已经没了气息。他传令巫师前来占卜，巫师说，厚葬巨龟，并在葬龟处起建城池。张仪依巫师之说而行，宏大的成都城建成，别名：龟化城。

遥远的北方，边关大将邢莫也遇到同样的难题。边塞武周，北临匈奴族，彪悍的匈奴人呼叫着策马践踏村庄，掳掠妇女儿童，放火焚烧房屋。邢莫奉命筑城抵御，但筑起的城墙屡屡倒塌，让邢莫一筹莫展。这天，一位老人找到邢莫，说午夜时分，他几次看到一匹白马围着一片荒郊急驰，老人带邢莫来到白马急驰处，他们惊讶地看到，马蹄踏出的脚印连一条线，跟着这条线前行竟回到了原点。

“马蹄圈住的地方，就是未来的城。”邢莫说。

城池如期建成，别名：马邑。

焦尾琴

东汉名臣蔡邕，以辞赋、音律、书法闻名天下，但耿直的性格却不适合在官场走动。东汉末年，朝廷里奸佞当道，蔡邕直言进谏，反招奸佞陷害，皇帝拟下诏惩罚他。蔡邕听从朝中好友劝告，孤身一人走上逃亡之路。

这天，蔡邕来到会稽。会稽城里，商铺林立，一派繁华景象。他看见路旁一家烧饼店，便走了进去，要了一壶茶两个烧饼，津津有味地吃起来。一会儿，他听见店门外的灶台传来柴火燃烧后爆裂的声音，“可惜！”他大叫一声，扔掉烧饼，几步窜到门外。“店家，快熄火！”他不等店家动手，提起灶旁水桶，泼灭了灶火。

店家一脸怒气正要发作，蔡邕赶紧抱拳解释：“店家息怒！我可以花钱买下灶火里没有烧尽的木头。”

店家的脸上换成了疑惑。蔡邕继续解释：“灶火里烧的陈年老桐，用来做琴再合适不过。”

“哈，原来是这样。”店家笑起来，“烧火的柴火，你喜欢拿去好了。”一边弯腰把夹子探进灶台。

一块烧焦的木头摆在地上，长约三尺，宽处有五寸，厚度看不清楚。“还能用吗？”店家问。

“能，能。”蔡邕回答。他取一块干净布把木头包起来，又拿出一串钱来要给店家。

“我只收烧饼钱！”店家道。

一个月后，蔡邕再次走进烧饼店，店主已不记得他。他提起旧事，并说琴已做好，取名“焦尾”，还专门作了两首曲子《琴操》和《独断》，要弹给店主听。

蔡邕打开琴盒，一把古琴露了出来，尾部焦黑。

烤炉里烤着烧饼，店内有三四个吃烧饼的客人。一代名士蔡邕手抚琴弦，开始弹奏，琴声激越、孤愤。

火浣布匹

关于火浣布，源于西域文字记载，汉时有人用汉语翻译如下：

世界的最西端，有一座火焰山，人只能在百丈之外观看，只要再跨近一步，就有被融化的危险。火焰山的火势随着四季变化，雨雪天气，火势更强，仿佛浇上了油脂。火势较小的秋季，人们惊奇地发现，火焰中生长着葱茏的树木，树木之间有颜色各异的群鸟飞翔，偶尔还能听到猛兽的吼声。

有人想方设法试图靠近，但强烈的高温把一切物体要么烤焦要么融化。有人架起大锅注满清水，把整头牛扔进去，滚滚的蒸汽带着肉香飘过去，但火中的猛兽并不现身。

一个僧人的出现，打破了这种僵局。僧人垂垂老矣，骨瘦如柴，穿一身黄色袈裟，走向火山。从背影望去，仿佛是一件袈裟走向火山。七天后，僧人返回，他告诉人们，穿过围墙一样的火焰，里面是一座都城，天帝下凡时就住在这里。树木奇高，树冠遮住都城，群鸟穿行其间，猛兽在街道上自由走动。

僧人出示了一块布匹，说是火浣布，由都城的人赠送。此布不怕火烧，也需在火中才能洗净。当然，它的神奇还不止这个。

僧人把布匹献给了西域国王，国王命令皇宫的御用裁缝把它织成一件袈裟，然后派出使节，穿越茫茫沙漠，到达东方。

他们把袈裟献给了伟大的汉武帝。

青蚨血

《淮南子术》中记载，南方茂密的草丛中，有一种叫青蚨的昆虫。这种昆虫形状像蝉，人们用火烤着吃，味道鲜美。但青蚨的血液有一种神秘的功能，却鲜为人知。

东汉书生王罡受命修订《淮南子术》，在最早的手抄本里发现了这个秘密。但是，他将信将疑，决定亲自验证。

王罡选择一个天气晴朗的早晨，来到草木繁茂的郊外，蹲在地埂上一口气捉了几十只青蚨。青蚨藏在草叶下面，他仔细挑出雌性青蚨，并把雌性青蚨和它们的幼虫分开，分别包在两块干净的布里。回到家，他取出两百文钱，把雌性青蚨的血涂在一百文钱上，把幼虫的血涂在另外一百文钱上。等晾干了，他把涂着幼虫血液的那一百文钱放进一个白釉小瓷罐，口开着，没有盖盖，把涂着雌性青蚨血液的一百文钱装入钱袋。

他来到集市，用那一百文钱买了些日杂用品，然后快速返回家中。

一直到黄昏，也没有发生他期待的事情。

晚上，王罡把窗户留一寸的缝隙，关门熄灯。他静坐在黑暗中，就听见有轻微的物体摩擦空气的声音，接着是钱币碰撞的声音。等声音停下来，他重新点着灯，提灯移近白釉小瓷罐。灯光照见罐内的钱币，正是他上午在集市上花出去的，上面涂着的青蚨血迹还很鲜艳。

第二天，他翻开手抄版《淮南子术》的中间一页，上面写着：雌性青蚨的血可以带着附着物，飞回自己幼虫或幼虫血液所在处。他在新修订的《淮南子术》中，删去了这一句。

巨灵传说

传说太华山、少华山原来是一座山，汹涌的黄河水直冲过来，撞到山腰上卷起巨大的浪花，分向两边流走。长年累月的撞击，让山神疼痛不已。山神向天帝申述，能否让黄河改道，天帝摇头，但答应派巨灵下去解决问题。

巨灵领旨来见山神，说自己没有别的本事，只能使出浑身的一股蛮劲，山神不解其意，但也点头称是。巨灵得到允许，突然现出真身，两脚踩在两岸，身体高过华山半截，手掌变成一把巨斧，朝着华山猛劈下来。山神大叫一声，华山已一分两半，黄河水从中间倾泻而出。

从此，山峰稍高的这一边叫太华山，稍低的叫少华山。巨灵踏在岸上的脚印，留在了华山百里之外的首阳山下。

遥远的樊口之东有一座樊山，山上草木茂盛，但多为易燃的灌木。山民稍有不慎，山上就燃起大火。山神向天帝申述，天帝也派巨灵去解决。

樊山不高，巨灵施一场小雨，就可熄灭山火。时间久了，巨灵懒得下来查看，只要见樊山起火，就根据火势大小施一场雨。山民们尝到了甜头，需要雨水时，就直接放火烧山，屡试不爽。

丹砂井

临沅县廖家的院子里有一口井，井水常年发红，廖家用的总是先澄了一天的水。廖家人世代长寿，邻居认为是养身有术。

廖家到第三代，出了一个商人，布匹生意非常兴隆。几年后，廖家便在另外地方置办了大宅子，把原来的院子卖给了张家。

张家老者体弱多病，住进来一年后，脸色变得红润，身板也硬朗起来，一直给他看病的医生非常奇怪，猜测是井水的缘故。他征得张家同意，围着水井挖开一个大坑，果然发现水井周围埋着丹砂。井水发红，就是丹砂的汁液渗入的缘故。张家把丹砂按照原来的样子掩埋好，吩咐医生，如需要用井水熬药，随时来取。

丹砂井的事情慢慢传开，来求水的人络绎不绝，张家按量赠予，分文不取。

顶　虫

一夜之间，王宫里传开了关于“顶虫变狗”的怪事。原来，王宫御厨房有一个洗菜的老妇人，前些天得了耳疾，医生诊断她耳朵里有“顶虫”。医生燃着一小束草药，吹熄火焰，一缕青烟就缭绕在老妇人的耳朵边。不一会儿，闻到烟味的“顶虫”从老妇人的耳朵里爬出来，有蚕茧那么大，蠕动着掉进早准备好的葫芦瓢里。老妇人用木盖把葫芦瓢盖严实，谢过医生，匆忙返回御厨房。这天晚上，老妇人刚要歇息，突然听见葫芦瓢里有顶撞木盖的声音，她过去轻轻把盖子揭开，从里面跳出来一条小狗，小狗落在地上后，瞬间长高到老妇人的腰间，五种颜色的毛发鲜艳、发亮，看上去非常壮实、勇猛。第二天，老妇人牵狗进入王宫，把狗献给了帝喾。帝喾见了，十分喜欢，赐名“盘瓠”，养在了宫中。

当时，强大的戎吴正在进犯边境，帝喾的军队节节败退，大片的国土被戎吴抢占。情急之下，帝喾昭告天下，如有能取得戎吴军队统帅人头者，赐金千两，封邑万户，并许以小公主为妻。虽有重赏，也有勇夫，但戎吴军队统帅的人头却无人能取。几天后，戎吴军队兵临城下，帝喾准备弃城出逃。但这天早晨，戎吴军队没有发起进攻，帝喾感觉纳闷。突然，兵士们兴奋地呼叫着冲进宫中，冲在最前面的是盘瓠，嘴里叼着一颗人头。兵士们在帝喾面前停下来，盘瓠嘴一松，人头掉在帝喾脚下。不用辨认，帝喾一眼就看出，地上的是戎吴军队统帅的人头。

强大的戎吴没有了统帅，被帝喾的军队风卷残云般消灭。帝喾召集大臣商讨如何嘉奖盘瓠。大家对诏文中的前两项没有异议，但对许以小公主为妻，却一致表示反对。帝喾心存犹豫。帝喾最小的女儿叫灿，只有十三岁。她得知大臣们的意见后，找到父亲。她对父亲说："父亲，如果你食言，将失信于天下。我愿意嫁给盘瓠，这是天命。"帝喾含泪答应。

婚礼隆重举行，公主灿像仙女一样美丽，盘瓠端坐在旁边，毛发像彩色的羽衣，映衬着老虎一样威严的头颅。婚礼在七天后结束。第二天，宫中早起的人看见，公主灿骑在盘瓠宽阔的背上，围着帝喾居住的房屋绕了几圈，然后快速离开皇宫，朝南方奔去。

没有人知道盘瓠和公主灿去了哪里。南方深山里的采药人说，曾经见到过公主灿，但只是像影子一闪而过，公主衣着简单，恍惚间像是穿着兽皮，暴露在外面的皮肤黝黑发亮。有时，公主的身旁还有几个活蹦乱跳的小孩子，他们的性别难辨，但声音清脆、活泼，动作像小兽般敏捷。消息传到了帝喾的耳朵里，帝喾立刻派出心腹前去探访。但探访的人只要进入深山，天空就电闪雷鸣、大雨滂沱，让人寸步难行。如此反复数次，帝喾自知是天命使然，只好作罢，但思念却像火焰日日焚烧。

春天到来的时候，几个采药人领着一个妇女拜见帝喾。行过大礼，妇女抬起头来，风霜难掩天生的丽质和高贵。公主灿泪流满面，望着苍老的父亲。帝喾惊呼一声，张开双臂把扑上来的女儿拥在怀中。晚上，公主灿给父亲讲述了离开后的遭遇。

盘瓠是灵异之物，虽不会人言，却通人性，很快，他与公主之间的交流就没有了障碍。盘瓠视公主为至宝，细心呵护。他们以林果为主要食物，盘瓠有一种特别的手段，可以将动物肉在很长时间内保持新鲜，以备随时食用。他们与狼虫虎豹成为朋友，居住在深林中人迹罕至的地方。他们育有三双儿女，互配为婚。公主告诉父亲，她害怕黑夜，也害怕白天，她无限地想念父亲，泪水常常挂在脸上。如今，盘瓠已不幸身亡，她没有办法在那样的环境中带领儿女继续生存，所以来向父亲求救。

帝喾派精兵强将跟随公主带回了他的外孙和重外孙。这支几十人的队伍，身穿兽皮和树皮做成的衣服，头发像灌木丛一样凌乱，走路蹦蹦跳跳。他们不习惯在房屋里待着，晚上躺在院子里睡觉，早晨起身后，随便找个地方大小便。帝喾把他们安置在一个开阔的花园宫殿，但他们却经常翻墙而出，在集市上惹是生非。他们说话咿咿呜呜，不喜欢与人相处，见到牛羊却异常亲切。他们哭闹着要回到深山去。

公主无奈地再次向父亲提出请求，让儿孙们回到山林。帝喾拒绝了公主的请求，在生长着高大树木、水草肥美的南方，辟出一块广大的疆域赐给公主，取名“蛮夷”。从此，盘瓠的后代开始在这片土地上生息，他们每年都要在迁徙到此的那一天祭祀盘瓠。他们用米饭掺上新鲜的鱼肉，摆在祭台上，然后用石头或刀具使劲地敲击运水的木槽，并发出怪异的呼喊，时而激越、时而悲伤。

他们出生诡异

夫馀国年轻的国王东明，英姿勃发、胸怀大志，但他的出生却扑朔迷离。有一种说法称，东明没有父亲，只有母亲。他的母亲是强大的邻国槀离国国王的婢女，没有确切的名字。一天，这个婢女挺着微微隆起的肚子，对兴师问罪的槀离王坦白说："我肚子里的孩子没有父亲。几个月前，我梦见一团柔软的气息进入我的身体，一个月后，我知道怀孕了。"她见槀离王仍有疑惑，发誓道："如果我的话有假，就让这个孩子死在肚子里。"

孩子出生了，槀离王听到异常响亮的啼哭声，心里一惊。他下令把初生的婴儿扔到臭烘烘的猪圈里，拥挤的猪小心地躲避，生怕不慎踩着婴儿，刚生过崽的母猪把奶头喂在婴儿的嘴边。槀离王又命令把婴儿投入马厩中，希望高大的马匹把脚下的婴儿踩成一堆烂泥。但是，马匹也细心地呵护这个婴儿。最后，槀离王相信了婢女的话，认定这个婴儿来历不凡。他亲自给婴儿取名"东明"，期望他的前程像太阳一片光明，并准许婢女以母亲的名义赡养。东明渐渐长大，长成一个英俊、强壮的小伙子。他从小给皇家放牧马群，练就了一身的功夫，尤其是射术，马上马下箭无虚发。东明一身高超的功夫，再次让槁离王心里发慌，他担心东明日后会夺去他的王位。

阴谋与阳光在一天早晨同时降临，被槁离王派来的兵士团团围在中心的东明并不慌乱，他连发数箭，十几个兵士瞬间毙命，包围圈立刻形成一个缺口。他拍马冲了出去，后面的追兵紧紧跟随。但是，跑出十里路程后，一条波涛汹涌的河挡在了前面，东明勒马站立，取下弓来，弯腰用弓背击打河水。河水中成群的鱼鳖蜂拥而至，背脊露出水面，排成一座浮桥，东明策马而过。等到追兵赶到，鱼鳖一哄而散，把追兵和东明隔在两岸。东明来到的地方，是弱小的夫馀国。几年后，东明以他的勇敢和智慧赢得了夫馀国百姓的爱戴，被拥为国王。

徐国嗣君的出生怪异之极，但百姓却三缄其口。十年前，徐国十三岁的宫女无故怀孕，十个月后竟生出一颗椭圆形的蛋，有西瓜那么大，外壳发灰、质地坚硬。当时的国王认为是不祥之兆，命令军士把怪蛋扔到河边的乱石滩。后来，有渔夫看见，一条身躯高大的杂色母狗，把蛋衔走躲了起来。国王知道后，派人寻找、跟踪，发现母狗躲在一个山洞里。从蛋中破壳而出一个聪明伶俐的婴儿，母狗像母亲一样保护在周围，人们无法靠近。国王安排，每天早晨，准备最好的饭菜放在洞口，并设专门的兵士把守，以防其他动物进犯。一年后，母狗老死，掩埋尸体时，人们发现母狗的头上长角，尾部蓬松的毛发下，有九条短绳一样的尾巴，软软的身体已经化作一条龙。国王把一岁的婴儿迎入皇宫，立为嗣君，期待长大后接过王位，承天帝之血脉，给百姓造福。

楚国国相斗子文虽然面孔白净、一身儒雅气质，但走起路来却虎虎生威。只有妘国的百姓知道，斗子文是喝着虎奶长大的。当时，妘国是一个小国，斗子文的父亲文武双全，在朝廷辅弼国君，国君的女儿看上了他，他们私通生下斗子文。刚出生的斗子文，啼哭着就被扔进没有人迹的山林。国君的妻子怒火中烧，希望山林里的野兽代替她处死这个婴儿，同时惩罚那对伤风败俗的男女。一个月后，国君打猎归来，对妻子说，他在山林里发现，一头母虎喂养着一个婴儿，温馨的情景让他不忍围猎。妻子告诉了他事情的原委。国君发令，把婴儿与老虎一起迎回宫中，并为女儿举行隆重的婚礼。斗子文长大后，凭着真才实学成为楚国的国相。

春秋时齐国有一任国君齐顷公，他的乳名“无野”，与荒野有关。齐顷公的父亲是齐惠公，齐惠公有一个下等婢女萧同叔子，她长得不算漂亮，却有妩媚之相。她怀上了齐惠公的孩子，却自觉身份卑贱，逃出宫中。冬天，她在寒冷的荒野上拾柴时，生下齐顷公。她忍着身心的双重痛苦，离开荒野。几天后，附近的人们在传，说一个新生婴儿，被飞禽走兽们喂养，婴儿的叫声嘹亮，充满欢快。当齐惠公知道婴儿是自己的骨肉后，便派人将他抱了回来，却将他的母亲处以极刑。若干年后，齐顷公继位。齐顷公非常体恤百姓，凡事为百姓着想，或许与他为下等婢女所生有关。

蛇兄弟

后汉定襄太守窦奉的妻子生下一个儿子，这让窦奉十分高兴，但同时出生的还有一条小蛇，光滑的皮肤上色彩斑斓。窦奉惊异之余，不知该如何处理，窦妻建议送到远离城郭的山林里，让它自然成长。

儿子窦武长大后文武双全，但是每年生日这天，总是精神恍惚，仿佛等待什么事情发生。窦武二十岁时，母亲去世。守孝期过，母亲的棺木被抬到选好的墓地，突然，送葬的人们听到从茂密的草丛中传出的一阵怪异笑声，还伴随着身体摩擦草木的声音。人们不知所措，朝发出声音的方向望去，一条碗口粗的蛇窜了出来，一丈长的身体色彩斑斓。它迅速用身体缠住棺木，怪异的声音变作悲伤的呜咽。窦武马上意识到，这条蛇是自己的同胞兄弟。离开墓地时，窦武用眼神恳求蛇与自己一同回家，但蛇盘在墓碑前一动不动。

不过，从此之后，窦武每年生日这天，精神不再恍惚。这天深夜，窦武会等待他的蛇兄弟的到来，然后，兄弟俩默默地坐在院子里，享受月光的照耀。

基 线

晋怀帝永嘉年间，将军刘渊奉皇命修筑平阳城。修筑城池，先要把城墙围建起来，然后再建造房屋和街道。城墙的围建至关重要，需风水先生根据严密的推算，确保城池永固、百姓安居乐业，当然更要确保每一任太守能够平安、荣升。但是，依照推算出的地基线路筑起城墙，每次不到一人高时就无故坍塌，这让刘渊焦急万分、内心慌乱。

这天，一个五十来岁的妇人来见刘渊。她见到刘渊，直截了当地说："刘大人，我有办法找到城墙的地基位置。"刘渊有些疑惑，他看不出眼前的妇女有什么特殊。"是这样的，刘大人。"妇人解释道，"我有一个四岁的儿子，叫撅儿。四年前，我去田里劳动，在地边的乱石滩看见一颗西瓜大的蛋，我抱回家中，用厚厚的被子围在热炕头。几天后，蛋壳裂开，里面冒出一个婴儿，就是撅儿。"刘渊听着，脸上现出不耐烦。妇人话头马上转过来，"昨天，撅儿对我说，他能找到筑城的基线。""是吗？"刘渊不相信，但他愿意试一试。

这天，妇人如约带来撅儿，母子俩和刘渊前面走着，后面跟着军官、男觋、工匠和持戟的兵士。来到工地，雇工们正清理坍塌的墙砖，刘渊示意雇工停止手头的活计。大家把眼光聚在撅儿身上，妇人拉着撅儿的手微微颤抖，手心冒出虚汗。撅儿个头不高，身体细长，乍看像一个女孩子的腰身，一双眼睛细细的、黑色的眼珠很亮。他感觉到母亲的担心，便用另外一只小手用力拍了拍母亲的手背，然后抽手离开。他走出五十步远时，朝前匍匐在地上，身体拉长，变成了一条蛇。这时，妇人快步上前，跟在变成蛇的撅儿后面，她用准备好的白灰，顺着撅儿爬过的痕迹撒上去。

一个时辰后，撅儿返回了原地。其间，刘渊和随从一直跟在后面。

“撅儿，你可以起来了。”妇人对着撅儿喊道。

但是，撅儿努力着想直起身来，却只能把头够到妇人的手边。它又在地上翻了几个滚，试图变回人形，却总是失败。

妇人非常焦急。刘渊命令身旁的军士：“把它送到深山里。”

妇人上前阻止，两个军士立即架住她的胳膊。刘渊说：“这条蛇是灵异之物，不能留在城里，免得蛊惑人心。”

平阳城依着撅儿画出的基线建造起来。刘渊完成皇命返回京城，因建城有功得到提拔。妇人却一直还在深山里寻找她的孩子。

少女蚕

少女蚕三岁丧母，一直由父亲拉扯大。蚕长到十二岁时，已经出落得水一样清纯。这天，身材高大的父亲对蚕说：“我有事要出去一段时间，你一个人在家，不要往外跑。照顾好马匹，夏天热，隔天给马洗一次澡。”蚕点头。

马匹拴在院子的树上，榆树浓密的叶子遮住阳光，树下是最凉快的地方。马匹似乎听得懂人话，蚕父话音刚落，它便响亮地打了一个响鼻。

早晨，蚕吃过饭，趁天还没有热起来，把马牵到水井边。井水凉爽，蚕抽一桶水，用猪毛刷子蘸着水，沿着马的脊背，细心地刷洗。

家里的活本不多，父亲不在，活计就减了一多半。

第四天，蚕感觉百无聊赖。她搬个小木凳，坐在树荫下，心里想着父亲。马匹卧在一旁。

阳光在寂静中移动，鸟偶尔飞过，留下几声鸣叫。

“马啊，你如果能把我的父亲唤回来，我可以嫁给你。”蚕用手拍着马的脑袋，自言自语道。

马用突出的眼睛盯着蚕。

“你能办到吗？我绝不食言。”蚕继续说。

马从地上站起来。这是一匹肌肉发达的牡马，贴身的栗色短毛油光发亮，马鬃向脖子两边披开。它用头轻轻蹭蹭蚕的身体。蚕走到院门前，把门打开，跟在后面的马向前一步，很快，就消失在蚕的视线内，只有隐隐约约的马蹄声还在响着。

在百里之外一个小镇的集市上，马找到了蚕的父亲。喧闹的人群中，蚕的父亲正和几个人谈生意，他无意间发现了站在旁边的马，立刻认出是自己家的马。他脸色大变，“肯定是家里出事了！”他心想，他一直担心着女儿。他对那几个人简单交代几句，急忙牵马离开。

父亲和马回到家中。父亲见女儿安然无恙，放下了悬着的心。但接下来的几天里，马却表现异常，变得十分暴躁，蹄子把地面刨得坑坑洼洼。

“我对它说，如果能把你找回来就嫁给他。本来是句玩笑！”蚕告诉父亲。

第二天，父亲起了个大早，牵马离开院子。中午时，父亲返回，把一张皮递给蚕，“我找屠户把马杀了，这是它的皮，挂在树上晒干。可以卖个好价钱！”

蚕搬过一张梯子，立在树底下。她小心地攀上去，一手扶着梯子，一手托着马皮。马皮展开，蚕听到一阵呜咽。突然，展开的马皮像有了生命，挣开蚕的手飘向空中，它绕着树飞了三圈，呜咽声越来越大。它降下来，停在蚕的旁边。父亲在树下怔怔地看着，一脸惊慌。马皮围住蚕的身体卷曲起来，把蚕围在中间。

父亲眼看着马皮裹住女儿，快速飞起飞高，很快就没了踪影。

嫦娥的伤心

羿吃了王母的升天药丸，飞到半空却突然跌落下来，摔断了左腿。王母知道后，速派天将下凡来彻查原因。

天将化作一个中年人，打扮成官吏的模样。他径直落在羿的院子里，整整衣冠，推开正房的门。

屋子很大，羿半躺在炕上，嫦娥坐在旁边，正拿着汤勺喂羿。羿认得进来的是天将，忙推开嘴边的汤勺，坐起身来。

天将跨前一步，伸手示意羿不要起身，羿就再次躺下，脸上满是疲累和痛苦。

“这是王母身旁的翼护将。”羿给嫦娥介绍。嫦娥站起来，礼貌地点点头，让在一旁。

“这是我的妻子，嫦娥。”羿又给天将介绍。天将看着嫦娥，吸吸鼻子。

“羿，你先躺着，我和嫦娥到院子里说几句话。”天将对羿说。

院子里，几畦蔬菜长得绿油油的。一个水池，水面上有十几只鹅。水池边，隔几步一棵柳树，树下四个石凳围着一张石桌。

天将和嫦娥坐在石凳上。

“你真美，王母说你应该是天上的女子。”天将开口道。

“王母真的这么说？”嫦娥疑惑地问。

“我没有必要骗你。”

“你有什么疑问，问吧。”嫦娥低着头说。

“好的，你先说说羿是怎么摔伤的。”

“前些天，他告诉我，他从王母那里要了一颗药丸，吃了它可以升到天宫。他很得意，像在炫耀。这让我气愤。我说，你升了天，留下我一个人在地上，这样，你是不是很高兴？他换了脸色，连说自己不是这个意思。”

“他为什么想升天？”天将插了一句。

“自从射落九颗太阳，他就觉得自己应该位列仙班，因此才向王母索要升天药丸。”嫦娥叹口气，“从此，他心里已没有了我。”

“是你在药丸里做了手脚？”天将直入主题。

“没有。”

“可是，我在你身上闻到了仙药的味道。”

嫦娥避开天将的眼睛。天将继续说：

“临行前，王母让我闻过升天药丸。”天将逼问道，“请你如实招来，王母只是想知道事情的原委，并不准备惩罚你。”

嫦娥舒一口气，说道：“是的，我用普通药丸换了真正的升天药丸。”说完，从荷包里取出一颗药丸，双手捧在天将面前。

“你留下。另外，再送你一颗。”天将说着，嫦娥手里的药丸马上变成两颗，一模一样。“这是王母的安排。”

嫦娥吃惊地望着自己手里的药丸。

“王母说了，把羿和你一起召入天宫。”

“谢过王母和将军！”嫦娥抬头望向天空，又叹口气，“不过，我已心灰意冷，不愿与他在一起。”

天将没有理会嫦娥说的话，起身往屋里走去，他还要向羿传达王母的决定。他刚走出几步，就听见嫦娥在身后说：

“我还是一个人去月宫好了。”

天将返过身来。嫦娥已经离开地面，飘到树梢那么高。

穿羽衣的妻子

新喻县农夫管离在田地里劳作时，隔着树林听见有女子嬉戏的声音，他扔下工具，轻声轻脚地穿过树林。树林这边，是一片没有开垦的荒地，杂乱地生长着野草和野花，有六七个女子像鸟一样半跳半飞互相追逐，地上堆着各种颜色的羽毛织成的衣服。管离悄悄地摸过去，拿走一件白色羽毛的衣服。一会儿，女子们好像觉察到附近有人，神色警觉地捡起衣服穿好。管离惊讶地发现，原来这是几只体形庞大的鸟，一阵扇动翅膀的声音过后，她们飞到空中，却盘旋着不立刻飞走。地上，丢了羽衣的女子焦急地转来转去，她的同伴在空中惊叫。

管离一直等到她们飞得不见了影子，才若无其事地从隐蔽处走出来。眼前的女子头部像鸟，但体态苗条、轻盈，年纪十三四岁，满脸惊恐。管离温和地走上前，说自己是一个农夫，家在不远处的村子里。女子神情缓和下来，显然，她听懂了管离的话。

一个月后，管离娶女子为妻，并给她起名叫羽妹。婚后，管离对羽妹关心备至，却从不提羽衣的事。他把羽衣藏在一个秘密的地方。羽妹接受了管离的关心、呵护，勤快地操持家务，但是，管离去田地里劳作时，羽妹常常一个人站在院子里，抬头望着天空，一直到眼泪模糊了视线。

羽妹给管离生下三个女儿，管离期待着第四个是儿子。

大女儿五岁时，羽妹把自己和管离的故事讲给她听。女儿不信，去问父亲。管离拗不过女儿，就悄悄地带女儿到后院粮仓里，搬开一捆捆稻秆，取出藏着的羽衣。“千万别告诉你娘，羽衣藏在这里。”管离吩咐女儿说。随后的几天，管离留心观察羽妹的动静。没有异常，管离放下心来。

这天，管离从地里回来，眼前的情形让他大吃一惊。羽妹穿着那件白色的羽衣，三个女儿抱着她的腿痛哭。羽妹见管离走进院子，用力推开哭啼的女儿，振翅起飞，动作非常迅捷，没等管离开口就飞到半空。她似乎并不留恋她的女儿，一会儿的工夫，就没有了踪影。

几天后，管离在田地里猛听见头顶有鸟的叫声，声音尖利、凄凉。他抬起头，看见羽妹，接着看见了另外三只鸟。那三只鸟的头形，分明是他的三个女儿，尖利、凄凉的叫声就是她们发出的。

四只鸟在他的头顶盘旋，他感到巨大的晕眩。当他从昏迷中醒来，天空空荡荡的。他似乎听见，隔着树林那边有女子嬉戏的声音，他想过去，两条腿却像灌满了铅水，一步也挪不开。

厌世

汉灵帝时，江夏有一个姓黄的女人，貌美如花，身材撩人。她嫁入富贵之家，遵守妇道、勤于家务，深得家人、邻里赞叹。这年夏天，天气炎热。一天，黄氏来到人迹罕至的盘水池边，脱去衣服泡入泉水中。盘水池鲜有人来，两个婢女守在池边。过了很长时间，婢女听不到池里有动静，便走近探看。池水平静如镜，没有黄氏的影子。婢女大吃一惊，连忙跑回府上，唤来家人。这时，水面冒出一只大鼋的身躯，头部别着一支青色玉簪，婢女认出那正是黄氏今天出门时戴的。家人和婢女在水边呼唤，大鼋隔着很远，在水里游了几圈，像是应答，然后潜入水中。

家人找巫师占卜，巫师说："这是一个厌世的女人。"

无独有偶，魏黄初年间，清河人宋氏，年过六旬，儿孙满堂。一天，她把家里所有人赶出屋子，留自己一个人在屋里。她烧好热水，盛满洗浴用的大木盆，然后不慌不忙地脱衣泡进去。屋子外面，丈夫和儿女们等了很久，感觉有些异样。

小女儿趴在门缝往里张望，木盆放在屋子中央，却不见老母的身影。父亲提议把门撞开。门被撞开，大家一拥而入，木盆中一个大鳖探出头来，看着大家，目光中似有歉意。大家面面相觑，不知如何是好。大鳖摆动身体，掀起一片水花，头部不住地朝着门的方向摆动，目光变得似有所求。丈夫无奈，吩咐女儿把大鳖装入另外一个木盆，抬到几里外的水潭中。

事后，父亲建议给母亲以衣代体举行丧葬，儿女们坚决反对。小女儿经常跑到水潭边，对着潭水流泪。有时，那只大鳖游出来，在水中快活地做着各种动作，逗得泪眼婆娑的女儿破涕为笑。

丈夫私下里找到巫师占卜，巫师说："夫人是一个厌世的女人。"

"为什么厌世呢？"丈夫冥思苦想也想不出原因来。

张老头

汉献帝建安年间，东郡王坤家被一连串莫名其妙的事情搞得鸡犬不宁。

王坤夫妇三十出头，膝下有一双宝贝儿女，儿子五岁，女儿三岁。阔大的院子里，两个孩子玩得高兴，却常常无缘无故地被袭击；有时，小脸蛋被狠狠地扭一下，脸上留下红肿的印记，院子里却没有半个人影。两个孩子哇哇大哭，吓得白天也要躲在大人身边不敢离开半步。院子东侧的屋子里，储藏着粮食和农具，王坤从地里回来，王氏一脸惊恐，拉着他走进东屋。东屋里，盛放粮食的瓷瓮被砸烂，粮食撒出来，原本挂在墙上的农具，横七竖八地扔在地上。

“只听见屋子里噼噼啪啪乱响，等安静下来，开门一看就变成这样了。”王氏惊魂未定，声音颤抖着对丈夫说。

第二天，王坤把妻子和两个孩子送去娘家。返回后，他唤来几个身强体壮的小伙子，埋伏在院子靠墙的草垛后面。东屋没有动静。临近中午，南面的厨房里有了响动，像是在翻动厨具，寻找吃的东西。王坤示意小伙子们再等一会儿。一袋烟的工夫过去，众人推开草垛，快速冲进厨房，顺手把门从里面关紧。屋子里黑洞洞的，小伙子们粗声粗气叫嚷着，一边挥舞手中的棍棒。王坤手握一把长柄的砍柴刀，朝着空中砍来砍去，嘴里不停地恫吓：

“刀枪不长眼，是神是鬼，赶快现身！”

“唉，砍死我吧，砍死我吧！”一个细若游丝的声音在黑暗中念叨。

王坤停止了动作，吩咐其他人：“开门，把好门，别让他跑了！”

门打开，阳光涌进来。一个干瘦的小老头，蜷缩着身体，蹲在灶台旁。像一个受惊的动物，双手紧抱着身体，眼睛眯着，像是在躲避阳光的刺激。

“唉，砍死我吧！”老头继续说着。

王坤见是个不堪一击的糟老头，不禁哑然失笑。

等老头平静下来，王坤轻声轻语地问道：

“老人家，你是人吗？”

老头没有回答。

“老人家，你怎么在这里？”

老头索性闭上眼睛。

“是窝村张家老太爷！”一个小伙子凑前惊呼道。

王坤和小伙子把老头送到窝村张家。张家五代同堂，年纪最大者已近九十。张家人认出老头确是自家祖宗，说老人年已过百，十年前走失没了音信。王坤把事情原委叙述一遍，张家人感激之余，也觉得匪夷所思。

一年后，王坤听说张家老头又丢了。过了一段时日，又听说远隔百里外的陈留县，一户人家正被类似莫名其妙的事情搞得鸡犬不宁。

“又是张老头在搞怪！”王坤心想，扛起锄头向田里走去。

夜遇之一种

贾偶气呼呼地连夜赶路，到午夜时来到一片树林，他挑了一棵枝叶繁茂的树，在树下躺下来。他不需要在地面铺任何东西，他的身体轻飘飘的，像一团气，不会受到石块、灌木的伤害，他只担心来一股大风，把自己吹到别的地方。

一路上，他都在生那个糊涂鬼的气。两天前，他在屋子里读书，心口一阵疼痛，顷刻之间就一命呜呼。接着，他赶了一天的路，被领到了阴府司命面前。司命的屋子很空旷，像是在荒郊野外，但影影绰绰的灯火火苗却一动不动，周围黑暗处还不时响起一两声惨叫，像是有人正被严刑拷打。司命一脸斯文，手指蘸着唾液翻看生死簿。突然，他脸色大变，对着贾偶身旁的鬼吏呵斥道："真是一个糊涂鬼，又弄错了！让你去召东郊的贾偶，你却跑到了南阳。错了，错了！"然后，换了温和的口气对贾偶说："贾先生，不好意思！这个糊涂鬼还得赶紧去东郊，不能误了时辰。你只好自己回去了。"说完，他向贾偶走近一步，像是想清楚地看看贾偶的反应。贾偶把目光迎上去，不禁打了个寒战，司命的眼睛是两个深不见底的窟窿，不发光，只透出彻骨的寒气。贾偶赶忙作揖称谢，退了出来，望着北斗指示的方向，朝着南阳方向一路狂奔。

现在，贾偶打算休息片刻，然后趁早晨的太阳升起之前，赶回到南阳自己的家中。他打了一小会儿盹，被一阵窸窸窣窣的声音惊醒。他睁开眼睛。一个年轻的女子，在星光下若隐若现，贾偶马上意识到，这个女子是自己的同类。贾偶仔细瞅去，女子年龄尚小，脸上稚嫩未脱。

“先生，醒了？我能躺在你身旁吗？好冷啊！”女子一边说着，一边靠近来，声音打着战。

“你是谁？”贾偶轻声问。午夜时分万籁俱寂，树叶掉在地面的声音都清晰可闻。

“我是弋阳县令的女儿，阴府的鬼吏召错了人，我正急着往家赶。”女子幽怨道，“还有一夜的路程，可是，我感觉阳气就要丧尽，怕赶不回去！”

“好吧，靠过来吧。”贾偶习惯性地挪开身子，让女子躺在旁边。一股寒气袭来，贾偶浑身颤抖，他咬紧牙关，感觉到从自己身体里有一缕缕热气流出。

两人分别时，天上的星星已经暗淡无光。贾偶指给女子弋阳的方向，看着女子离去。然后，他朝着南阳继续狂奔。

贾偶筋疲力尽地回到南阳，黎明刚过，太阳憋在东方正准备喷涌而出。自己的棺木前，弟弟穿着丧服，正和几个亲戚商量着，验尸后钉棺入殓。他趁机飘入棺木中。

“咦，我哥的脸尚有血色！”弟弟惊讶地说。说完，把一只手探进去放在贾偶额头。“还热乎乎的！”弟弟提高了声音。

贾偶生怕吓着弟弟，他先抽抽嘴唇，接着缓缓睁开眼睛。

贾偶死而复生后，修养了一段时间。然后，他步行半月有余，来到弋阳县。弋阳县城街道整饬，店铺林立。贾偶拜见了县令，询问县令的女儿是否也是死而复生，县令点头，贾偶便把那夜的遭遇陈述一遍。县令唤出女儿来。

“恩公在上，受小女子一拜！”县令的女儿一见贾偶，马上跪在地上。

贾偶跨前几步，急忙扶起。几个月后，两人结为夫妻。

此事发生在汉献帝建安年间。

李娥还阳记

地府的街道像一座迷宫。李娥被一鬼吏推出司命的公堂，陷入一片黑暗中。她站了一会儿，让眼睛尽快适应黑暗。街道上也有亮光，只不过像萤火虫那么点大，照见脚下的路若有若无，让人不敢迈步。这里，冷气针尖一样向骨缝里钻，李娥不知道往哪里走才能走出地府。

刚才，在司命的公堂上，她被告知错召，遣她返回阳间。她正要申辩，却立刻被推了出来，黑漆漆的两扇大门无声地关上，任她怎么叫喊，里面都没有反应。

“我已死了半月有余，肉身也已入土多日，我回去怎么能重见天日呢？”李娥心里发愁，“况且，哪里是出地府的路呢？也没人来告知一声。”

这时，一个灯盏从远处飘来，到李娥面前停下。借着亮光，李娥看见提灯盏的人，身体瘦长，脸白得像刚刚刷过的墙，但依稀有熟悉的感觉。

“弟妹，你也来了？”来人开口道，声音细若游丝，却异常清晰。

“是伯文兄！”李娥惊叫道，眼泪唰地流了出来。接着，她把事情的原委说了一遍。

“这样的事经常发生。”伯文说。伯文姓刘，是李娥的叔伯兄长。在世时，刘伯文在武陵的文庙教书，学问和品德远近闻名。

“我去见司命。”刘伯文说完，提着灯盏走进公堂，好像门根本就不存在。

一会儿，刘伯文出来，后面跟着一个人，身体低矮、粗壮。

“他叫李黑，也是被误召来的。司命吩咐了，让他陪你回去，他有办法让人去掘开你的墓冢。”刘伯文介绍完，转过身，对李黑说，“把信一定送到家。谢谢了！”

刘伯文提着灯盏离开，瘦长的身体立刻融入黑暗中，看上去，像是灯盏自己在移动。

几天后，武陵县离县城十里外的西山坡上，赌徒蔡仲悄悄溜进了坡上的树林里，他找一块干燥的空地躺下来，一会儿就响起了呼噜声。

蔡仲住在武陵萝的充县，赌了一晚上，他已输得精光。早晨离开赌场时，迎面碰到一个身体低矮、粗壮的汉子，那人告诉他，武陵西山坡上一座新坟里，陪葬着不少金银细软。说完，那人送他一把短小的镢头，然后倏忽不见。他头昏眼花，接过镢头就往武陵县境内走。

蔡仲睡醒，夜晚降临，天边已升起几颗星星。他蹑手蹑脚地走出树林，朝坡下望去，坡上和坡下的官道上阒无人迹。他返回树林，借着星光，一眼就找见了那座新坟。

镢头放在他刚才躺着的地方。他捡起来，往手心啐一口唾液，走到新坟跟前。很快，他就把坟土掘在两边，棺木露出来，他心里害怕，但还是咬着牙，手腕颤抖着举起镢头朝棺木砸下去。他准备先砸出一个洞来，把镢头尖伸进去，撬开棺盖。

“喂，小心砸到我的头！”棺木里有声音喊道。

蔡仲一惊，扔下镢头，爬出坟坑，跑出老远。他心情稍稍平息，又返了回来。

“外面的人，别怕！救我出去，我会重谢！”里面继续喊。蔡仲听出是一个女人的声音。

蔡仲用力撬开了棺盖，一屁股坐在地上，他浑身疲软。里面躺着的女人坐起来，灰头土脸没有人样。她大口吸着空气，一边告诉蔡仲，她叫李娥，是武陵人，被地府误召，现在转回阳世。

李娥急着往家里奔去，蔡仲却不幸被路过的猎人发现，被连夜扭送到了官府。

任凭蔡仲如何申辩，武陵县令认定，蔡仲犯掘墓罪，当游街示众、坐牢。

第三天，李娥来见县令，说明情况，并猜测蔡仲所为是李黑使然。但李娥不知道李黑是哪里人氏，只记得刘伯文有一封信让他稍给家人。

县令命李娥唤来刘伯文的家人。

“刘伯文是我的父亲，亡故多年。那天，有一个矮个子送来一封信，说是父亲写的，我翻开一看，笔迹确是父亲的，写信的纸也是父亲入殓前，放在父亲身边的。”来人是刘伯文的儿子，一副儒生打扮。

“信里写的什么？”县令问。

“字形怪异，看不懂。”刘伯文的儿子回答，恭敬地把信呈给县令。

县令仔细看了半天，摇摇头，把信传给主簿。主簿看得更加仔细，最后也摇摇头。他对县令提议道：

“县内术士费长房也许认得。”

费长房被衙役领了进来。他身体消瘦，眼睛却炯炯有神，好像能洞穿一切。他看过信后，解释道：

“信上说，他八月八日中午时分，随地府司命出巡，路经武陵城南沟水河畔时，要短暂停留。此时，儿孙可前来见上一面。”

“再过三日，就是八月八日。”主簿提醒道。

县令略作思考，对刘伯文的儿子说，“八月八日，你如约去城南沟水河畔，然后来县衙回复。如果一切是真的，马上放蔡仲回家，判他无罪。”

汉建安四年八月九日，蔡仲在武陵县公堂上被当众释放。

生死六谜

1

汉朝时，陈留考城小吏史姁，体弱多病。一天，他对老母说："三天后，我就死了。但是，我能死而复生。在我的坟头，不要种树，插上一根碗口粗的竹竿，七天后竹竿会拦腰折断，那时，挖开墓冢，我就会活过来。"老母听了，既忧伤又惊异，提心吊胆地挨过了三天。

三天后发生的一切，果然如史姁所言。史姁死而复生后，身体变得硬朗，头脑更加灵活，尤其是行走的速度，只要心念一动，一闪身即可至千里之外。史姁因此被县令重用，县令把与朝廷书信、礼品来往的秘密差事，全部交给他办。

2

会稽城最好的铁匠矮个子贺瑀，平日里喜欢舞枪弄棒，身体强壮。不料生了小病却久治不愈，谷雨这天早晨，竟没有了呼吸。妻子年纪尚轻，哭得呼天抢地。穿寿衣时，妻子手探到贺瑀心口，感觉有微弱的温度，立即决定停止一切丧祭。

贺瑀的体温逐渐恢复，七天后，他苏醒过来。像睡了一个大觉，他起身，活动活动筋骨，走到迎街的铁铺，点火、烧铁，叮叮当当干起了活。

晚上，孩子入睡，他推醒妻子，低声讲起这几天的经历。他说：

“这几天，我走了很远的路，朦朦胧胧地，好像要去一个地方取一样东西。路很陌生，路上也没有人，我只顾往前走，没有留意路边有什么容易记住的东西。走到没有路了，面前是一座高大的宫殿，仰头看不到顶。一个面孔模糊的人站在门口，他把我引了进去。我跟在后面。一进门就是走廊，很窄，两边墙壁光滑，白得晃眼。走廊笔直，有轻微向上的坡度。我们一前一后走了很长时间，推开一扇门，进去，屋子不大，门对面靠墙立着三层架子。最上层摆着砖头大的石印，中间层摆着一把把木头短剑，下面一层光线暗，看不清摆着什么。那人用手指指架子，示意我随便取一件。我看石印没啥用处，就取了一把木头短剑。”

贺瑀从枕头底下掏出一个东西来，是一片黄纸，上面画着一把剑。

“这就是那把剑。把它塞入腰间时，还感到有点重量，醒来后，从腰间掏出来的却是这张纸。不过，从那间屋子出来后，那人终于开口了。他说：‘你为什么不取一块石印呢？它可以让上百的神灵听你指挥。这把剑，只能指挥动社公一个。’我问：‘社公是谁？’那人却再不言语，默默地引我穿过走廊，把我送出宫殿。”

贺瑀讲完，妻子听得一头雾水。

社公原来是一个鬼吏，在地府犯了大错，罚他受贺瑀调遣，承受阳光和烈火的炙烤。

几天后，社公来找贺瑀。贺瑀把他支出院子。

3

吴兴人戴洋，十二岁生日刚过，早晨起床，在院子里绊了一跤，当即昏死过去。五天后，在母亲呼天抢地的号哭声中又睁开眼睛，活了过来。他对母亲说：

“我摔了一跤，等疼痛减轻，爬起身来，眼前已不是咱家院子。空旷的广场上，人很多，都飘来飘去，身体好像没有重量，有些人还悬在半空。人们偶尔也停下来，像在交谈，却没有声音。光线很弱，几乎看不清人们的面孔，根本分辨不出男女。我懵懵懂懂地进了一个院子，一个个头和我相当的少年，从屋子里出来，对我嚷道：‘戴洋，你终于来了。’接着，他告诉我，地府要进行大祭祀，‘因为人手不够，所以从阳间挑了几个人来帮忙，你被分配做酒藏吏，就是掌管祭祀用的酒。’这时，我看清眼前是一张清秀的娃娃脸，十分讨人喜欢。他又压低声音，‘告诉你吧，祭祀完，咱们就可以回去了。而且……’他的嘴附到我耳朵前，声音更低，‘咱们回去后，能占卜人的生死凶吉。’我发现，屋子里还有几个孩子，面孔清晰，行走沉稳。

“我干的活很简单，就是把酒壶里的酒倒入酒杯，再把酒杯摆在祭桌上。祭祀并不隆重，程序却很严谨、繁复，用了很长时间。祭祀过程中，没有声音、没有烟火，地上整齐地站满了人，空中悬浮着的人密密匝匝，但秩序井然。祭祀开始时，就不见了那个少年，结束后也没有见到。我把酒器放回那间屋子，返回到院子里，却不慎绊了一跤。等疼痛减轻，爬起身来，就看见了你。”

十年后，吴兴一带活跃着一个年轻的术士，名字叫戴洋。

4

东吴临海郡松阳县人柳荣，在郡府兢兢业业做着主簿，四十岁时得到当朝丞相张悌赏识，成了张悌的幕僚，终日伴在张悌身旁。这天，他们乘船航行在江上，午饭后，柳荣一边陪着张悌坐在宽大的船舱饮茶，一边欣赏两岸的风景。刚饮过一杯，柳荣突然一头栽到船板上，没了呼吸，茶杯也掉在一旁。

傍晚，船行到扬州，靠岸。随行的军士用木板把柳荣抬上岸，放在岸边一棵柳树下。张悌一行被迎入扬州府，兵士们原地待着，等待着处理柳荣尸体的指示。兵士们闲得无聊，看着江面上来来往往的船只，猜测这些船只开往哪里。

“放开，为什么捆绑丞相？”突然传来一阵喊叫。

军士们循声看去，原来是已经死去半日的柳荣，躺在木板上伸胳膊蹬腿，像在用力与人搏斗，表情惊恐而愤怒，嘴里不住地叫喊。军士们围过来，“柳先生、柳先生”叫着，一边蹲下身子按住柳荣，试图让他平静下来。

柳荣醒过来，被兵士们扶起，坐进岸边的凉亭。他对好奇的士兵们说：

“刚才，在一个光线暗淡的大厅，我看见几个凶恶的鬼吏押着丞相进来，丞相鼻青脸肿，被绳子捆绑着不能动弹，嘴里还塞着一团黑乎乎的东西。我扑上去，想把绳子解开，鬼吏推开我。我又扑上去，和他们扭打起来。这时，听见一个声音说‘先把这个讨厌的家伙赶回去’，我感到胸口被猛地一击，睁开眼就看见了你们。”

军士们听了，有的点头、有的摇头。

稍事休息后，大家向扬州府走去。扬州府里一片慌乱，柳荣和兵士们被告知，丞相张悌刚才在公堂上无故倒地而亡。

5

琅琊人颜几死而复生后，不仅身体一直虚弱，而且丧失了语言能力。其弟颜含，侍奉颜几近十年，直到颜几再次病逝。

几年后，年过三十的颜含娶妻成家。妻子年龄不足十八，她对颜几的事很好奇，颜含便对她讲道：

“兄长死而复生后，身体一直恢复不过来，进食非常困难，必须把食物制作成液体，然后用有孔的软布蘸着，送到嘴边慢慢地湮进去。吃一次饭，要用去很长时间。兄长死而复生后，有了一种奇异的能力，他能自由出入我的梦境。他丧失了语言能力，但在梦里却像从前一样，与我侃侃而谈。他说，病后，医生开的药量太大，致他中毒身亡，但命不该绝，他在地府走了一遭，又被遣返回来。起初，他对身体恢复还抱着希望，梦里常谈起小时候的事，他说有一次，他帮我爬上树去掏麻雀，不料却掏出一条小蛇，吓得我从树上掉下来。我笑得厉害，竟然笑醒了。这时，借着天光，我依稀看见，躺在身旁的兄长也咧嘴笑着。但是，几年后，兄长意识到身体不可能好转，心情变得抑郁和沮丧。我常推车带他去江边吹风，一次，他竟从车上滚落下来，努力往水里爬去。晚上的梦里，他流着泪恳求，让他离开人世，我醒来，看见他眼角还挂着泪滴。这样，过了十年。最后那天夜晚，他高兴地对我说，他要走了，‘弟弟，拖累你十年，来世回报你吧！’我从梦中惊醒，兄长已经没有了呼吸。”

晋武帝咸宁年间的夏季，黑夜炎热、漫长，夏虫在院子的草丛里叫着。讲到最后，颜含眼前浮现出兄长的样子；年轻的妻子已悄然入睡，轻鼾响起。

6

东晋名将羊祜，在一场战争的间隙，给几个副将讲他年少时的故事。

他说：“我五岁时，有一天，突然想起有一把榆木做的剑，挂在隔壁院子的桃树枝上。隔壁是李家院子，当时不知道什么原因，他家院门常关着，尤其不让小孩子进去。我喊来乳母，要她去隔壁院子取回我的木剑。乳母疑惑地走开。一会儿，她回来，对我说，‘是有一把木剑挂在树枝上，但李家人说，那是他们家死去的儿子玩过的，一直挂在那里，从来没动过。’乳母还是疑惑地看着我，‘木剑是那死去的孩子自己刻的！’从那以后，我经常想到的一些玩具，无一例外，这些玩具都放在隔壁李家。”

羊祜停顿片刻，环视面前的几个副将，大家一言不发。

羊祜继续说：“多年之后，一个术士告诉我，我就是李家那个死去的儿子。不过，这让我既伤感又百思不得其解。”

墓冢异事

汉末，关中大乱，有军队中人趁机掘墓，搜刮墓冢中值钱的殉葬品。一夜，前汉皇后宫女的墓冢被挖开，棺木中的宫女竟披发而起，吓得掘墓的兵士扔掉火把，四散而逃。事情传到皇后耳中，皇后派人把宫女收入宫中，伴在她的身边。宫女仪表出众、礼仪周全，熟悉前汉皇宫里的许多掌故，经常讲给皇后听。若干年后，皇后亡，宫女悲伤过度，随皇后而去。

三国魏时，通往太原郡的官道旁，有一片荒冢。荒冢中，一座坟头上的枯树，无风时也摇晃不止。路过的旅人十分惊恐，猜测和谣言四起。郡府命衙役掘墓开棺。衙役们战战兢兢挖开墓冢，棺木中有一妇女，熟睡如常人。衙役把她唤醒，并扶出棺木，押回公堂。太守询问，妇女却一概摇头，好像不懂人言。太守无奈，送她一些银两，让她回到民间，自生自灭。

晋时，太原郡小吏杜锡之母去世。杜母安葬后，女婢失踪。杜锡动用官府人手，也没有找到女婢。十年后，杜锡给母亲迁坟，失踪的女婢却出现在棺龛里。她说："我进来后，想多陪老夫人一会儿，但棺龛的门却马上关上了。喊了几声，外面没有回应，蒙蒙眬眬地，我就睡着了。"她的样子像十年前一样，没有变化。杜锡把她接回家中，继续留用。

三国时吴景帝下令，各地可挖掘墓冢，取棺木加固城防。在广陵，挖开一个大墓。大墓墓门窄小，进去后，里面竟是一座庄园。走廊、凉亭、花园，雕梁画柱很有品位，马厩里立着几匹一人高的铜马，正房门两边立着持戟的铜人，身躯高大，面貌粗犷。房子中央，摆着长度过丈的棺木，兵士们想尽办法也没有打开。最后，只好唤来当地的木匠。开棺后，棺中有一老人，面色红润，衣着鲜亮，只是没有呼吸。老人身体下面，铺着各种颜色的玉石，玉石全部裁成砖头大小，整齐地铺成平面。老人身体两旁，砌着黄澄澄的金砖，有一尺高。兵士们挪动老人身体时，从他的嘴、鼻子、耳朵里掉出来许多金粒，有的如枣大、有的如豌豆大。此事被上报给景帝。朝中文武官员找不到可以弄清墓主是何许人也的有关记载。

春秋时晋国名将栾书，死后葬在广川境内，据传陪葬品中有几把稀世名剑。汉时的广川王是一介武夫，对此早已垂涎三尺。这年春天，他终于按捺不住强烈的贪念，带上一哨人马，来到栾书墓前。墓冢很快被打开，但里面却非常简陋，陪葬品也只是些瓦瓦罐罐，根本没有传说中的稀世名剑。不过，开棺时一只兔子大的白狐，从里面快速窜出，把掘墓的兵士吓了一跳。白狐闪过广川王脚边时，广川王拨剑一挡，剑尖扫到白狐左腿，划出一道血痕。白狐惨叫一声，以更快的速度逃开。晚上，一个身材魁梧的人进入广川王的梦里，他白发白须，手持一把明晃晃的长剑，对一脸惊恐的广川王厉声呵责道：“我是栾书，为何掘我墓冢，还伤我左腿？”说罢，挥剑朝广川王的左腿扫去。广川王惊叫一声，从梦里醒来。门外守卫急忙进来掌灯查看，广川王的左腿现出一道血痕。至此左腿的疼痛伴随了广川王的后半生。

无鬼论者

吴兴人施续，十分善辩，持无鬼论。他在郡府任督军一职。一天，一个男子自称乡野村夫，慕名前来拜会，男子衣着朴实，但眉宇之间透着奇异。男子先谈山川异事，接着就转到鬼怪的话题上。施续说：“鬼怪纯属无稽之谈，是庸人自扰！”施续有一个门生，年纪尚轻，一脸稚气，谈话间他一直站在一旁。这时，门生插话道：“从来耳听为虚、眼见为实，先生能捉一个鬼怪放在眼前吗？”男子一时语塞，面有难色。施续见状，不禁笑出声来，门生也跟着笑，笑声中有小小的得意。男子的脸色越发难看，五官开始扭曲、挪位，头发披散开来，身体像放了气一样变扁，同时使劲做出怪异的动作。“小伙子，这样就信了吧！”男子恢复了原样，对门生说。门生不停地点头，满脸惊恐。施续看到男子的脸色变成黑紫，像在承受着巨大的痛苦，“毕竟是见不得阳光的东西！”他心想。男子似乎听得见施续的心里话，无奈地垂下头，立即化作了虚无。施续吩咐门生，快去唤来几位都督，今天还有要事相商。

会稽的书生阮瞻，也持无鬼论。一天，他独自在屋子里读书，有客不请自来。来人书生打扮，个头娇小，声音纤细无力，像是女扮男装。阮瞻殷勤招待。寒暄几句后，两人谈论儒学、老庄，非常投机，阮瞻对来客顿生好感。谈到酣处，来客话锋一转，问道："敢问兄长，你信鬼神吗？"阮瞻稍感诧异，回道："不信。"来客脸色一变，像受了一击，身体也向后一缩。"如果我就是鬼，你怎么办？"来客认真地说。"怎么会呢？""我怕吓着你！"来客口气中透着关切。"哈哈，没关系！"阮瞻虽然感觉诡异，但心里并不害怕。来客旋转身体，像在舞蹈。来客的身体开始变幻，时而美丽女子，时而粗鲁恶汉，时而骨架骷髅……停下来时，来客恢复了原样。

第二天，有朋友来访，阮瞻津津有味地讲起昨天白天他做的梦。梦里，一个个头娇小的书生，不请自来……

挽　歌

东汉时的辽河河面开阔、河水混浊。洪水季节，河流会裹挟着上游村庄的猪羊、树木、石块，下游的村民备好工具，成群结队地在岸边忙着打捞。

灵帝光和年间夏季的一天，辽河下游宋公村的村民聚集在河岸上，他们从河里打捞上一具巨大的棺木，有房子高、两辆马车宽、一棵砍倒的松树长。棺木巨大的体积，让村民们吃惊、敬畏，不知所措。棺木所用的材料，村里的木匠百般思忖也找不出答案，最终只能尴尬地离开。耗到黄昏时，有人建议打开棺木，看看里面装着人还是神。于是，一把尖锐的锥子触在棺木上，后面的人抡起铁锤，猛砸锥子的尾部。村民们试图先在棺木上凿出一个洞来。

第一锤砸下去后，棺木里就发出高而响亮的声音。惊讶不已的村民们仔细谛听，听出里面的声音在说："我是孤竹君，为何砸我？"声音不断重复，但没有一个村民知道孤竹君是谁。

宋公村属令支县管辖。晚上，令支县令带着几名随从骑着马来到岸边。随从中有一个书生打扮的年轻人，他是县令的外甥。年轻人围着巨棺转了一圈后，口气坚决地对县令说："确是孤竹君的棺木，与他的传说非常吻合。"接着，他对围过来的村民解释："孤竹君是商朝时孤竹国的君王，传说中他的巨棺埋得很深，埋葬地也不为世人所知。"

一个名叫田横的年轻人，连夜谱曲填词，完成《挽歌》二章——《薤露》和《蒿里》，感叹人如薤草上的露水，阳光一照就化为烟气倏忽消失；又祈祷人死后，魂归泥土，与草木共衰荣。

几天后，孤竹君巨棺的安葬仪式在宋公村举行，京城来的乐队演奏了《挽歌》。当日，宋公村改名孤竹城。

几年后，音乐家田横在赴京城的路上自刎身亡。前来奔丧的弟子们，在他灵前演奏了《挽歌》。他的死因无人知晓。

贿 赂

三国时，曹操赐了一块土地给儿子曹彪，封号楚国。曹彪在楚国修建太庙，并招募精通吹拉弹唱的人士，谱曲填词歌颂父亲与祖上的伟德，这些人士被命名为“讴士”，他们受人尊敬、收入颇丰。

讴士中有一个名人叫孙阿，个头不高，衣着整洁，看上去精明强干。孙阿文才甚高，填的词常被曹彪夸奖，有几首还被送往京城呈给曹操欣赏。不过，孙阿似乎志不在此，对上面的夸奖总是淡然处之。

曹彪手下有一将军，姓蒋名济，也深得曹彪赏识。近日，早晨一醒，他的夫人就开始在他耳根前叨叨。这天，夫人干脆推醒他，哭着说道：“儿子又托梦了，说今天是最后一天，求你务必去找孙阿。否则，就没有机会了。”蒋济半睡半醒，回了一句：“生死异路，一个梦，怎能当真？”夫人继续说：“不管真假，你就不能当一次真！”停顿一下，见丈夫坐起身来，夫人擦把泪，“况且，他都指名道姓了，说孙阿明日上任。”蒋济彻底醒过来，“讴士中确有一个叫孙阿的，昨天见到他，他很精神，怎么会……不过，儿子生前确实不认识他。”

上午，蒋济来到太庙，把孙阿单独唤到一间偏房内，关上门。他不知道该如何启齿。孙阿见蒋济面有难色，主动开口道：“将军，有什么吩咐尽管说，在下领命就是。”

蒋济说：“我有一小儿，离世多年，近日频频托梦给他的母亲，说先生你明天亡故，赴地府任泰山府君。”

“如果真是这样，我会很高兴的。”孙阿接口道。

蒋济见孙阿说话时确实喜形于色，精神放松下来。

“小儿说，他在地府做劳役，苦不堪言。如果先生真去赴任，还请给儿子调个好差事。”蒋济一口气说下来。想想，又补充道：“先生放心，你走后，家中老小由我来照管。”

“如此最好，先谢过了！”孙阿说完，给蒋济行了一大礼。

“不敢，不敢！快请起身。”蒋济连忙扶起孙阿。

第二天，蒋济安排副将带两名军士，守在太庙内。中午，副将赶了回来，禀报说孙阿在修改新词时悄然死亡。

几天后的一个早晨，蒋济醒来，夫人笑眯眯地对他说：“儿子托梦来了，他调在府君孙阿左右当差，还说谢谢父亲！”

温寿和文颖

温 寿

西汉护军校尉温序，奉命巡察陇西。其时，陇西守将隗嚣已趁王莽篡汉之机起兵，自封上将军，视陇西为独立王国。温序一进陇西境内，就被隗嚣的副将荀宇带兵困住，逼温序投降。温序不从。一场恶战持续了一个时辰后，温序一个人赤手空拳被围在中间。“你自裁吧！”荀宇把一柄剑扔给他。温序自刎，隗嚣选一块风水好地，厚葬了他。消息传回，温序的儿子温寿得封印平侯，并任职朝廷。

若干年后，隗嚣病故，隗氏家族归顺汉廷。一夜，温序托梦对儿子说：“我久居他乡，该叶落归根了！”见父亲满脸凄楚，温寿不禁泪如雨下，哭出声来。哭声惊醒了自己。早晨，温寿来不及吃饭，直奔皇宫。他拜见皇帝，说愿意弃官赴陇西，移回父亲骸骨，然后居丧三年。皇帝答应了他的请求。

文　颖

甘陵郡地势起起伏伏，只在较为偏远的、与临郡接壤的地段，有一片低洼、平整的荒地。甘陵郡府丞文颖奉命寻察民情，路过此处时天色不早，就吩咐手下贴地搭起帐篷，休整一夜。夏日闷热，好像憋着一场大雨，文颖一个人坐在帐篷里，一直到外面的黑暗变得像化不开的墨块，才有了困意，蒙蒙眬眬进入梦乡。

但没睡多久，就有人轻声唤醒他。来人跪在地上，口中念念有词，却听不清楚在说什么。看长相，似乎不是自己的随从。文颖用力咳嗽几声，让自己彻底清醒，这才听见跪在地上的人说：

"……我也是南阳人，你不记得我了。你是文颖，我是叔文，咱们从小在一块玩。后来，你在外求学，我随父亲行走江湖卖艺为生，我们就再没见过。那年，我与父亲路过这里，我突发重病，竟死在这里，父亲年迈，无奈之下把我草草埋葬。可一到夏天，雨水就往我的墓冢里灌，让我潮湿难耐，度日如年。今天有幸遇着你，所以特来叨扰，望念旧情，把我的棺木移到高处。"

这时，文颖已坐起来，他伸手去扶叔文，叔文的身体没有一丝重量。他仔细瞅，也找不出一点熟悉的影子。

“我的墓冢，帐外往北走上百步就是。”叔文继续说，声音变得微弱，人影也似乎融化在空气中。

拂晓时雷声把文颖惊醒，帐篷外风雨交集。文颖心里祈祷雨不要下得太久。

暴雨停下来，文颖立即派随从到附近的村子，去找几个农夫。农夫来了，他们扛着工具。费了好大的劲，才从灌满了水的墓冢里，抬出快要腐烂的棺木，移到向阳的高处，重新埋好。

龚寿的恶梦

鹄奔亭是一个四面环山的小村庄，亭长龚寿德高望重，把职位顺利地传给了儿子。儿子当上了亭长，但事事要向父亲请示。在小小的鹄奔亭，龚寿享受着太上皇的待遇。

春天里的一天，交趾刺史何敞巡访民情来到鹄奔亭。鹄奔亭近三十年没有来过郡府官吏，因此，何敞的到来，让鹄奔亭的村民仿佛节日般的兴奋。龚寿出面，隆重招待何敞，龚寿家自酿的米酒，让何敞天一擦黑就沉沉入睡。

午夜，何敞做了第一个梦。一个丫鬟打扮的女子，灰布蒙头，在村外小路旁的凉亭里，向他述说道："民女要告亭长龚寿。二十年前的一天，我随女主人路过这里，见天色已晚，就借宿亭长家里。夜半，亭长要对女主人非礼，她坚决不从，亭长竟用被子蒙死了她。我在一旁，上前救助，也被亭长一并蒙死。"

"你叫什么？你们是哪里人氏？"何敞问。

还未等到女子回应，他身后突然伸出一双手来，抱住他的肩膀，使劲地摇。

何敞醒来，屋子里已有灯光。龚寿摇醒了他，其子在身后，端着一个托盘，盘里放着水杯，冒着热气。

“刺史大人，担心你酒后口渴，给你送一杯水。打搅了，见谅！”龚寿诚恳地说。

何敞点点头，看着龚寿把水杯放在炕边，然后低头退出。

他喝过水后，竟没有了睡意，心里一直想着刚才那个短暂的梦。

拂晓前，何敞入睡，他做了第二个梦。一个身材高挑的女子，也是灰布蒙面，推门走进来，站在屋子中央。她语速极快，好像在抢夺时间：“我要告亭长龚寿。我是广信县人，名叫苏娥，被害时刚满十八。我命苦，父母双亡，出嫁没过一年，丈夫也因病亡故。我只好带上婢女，来交趾县投奔唯一的舅舅。路过这里时，不幸被亭长龚寿残害致死。”

“这个我已知道，你可有证据？”何敞问。

“我和婢女的尸体，埋在村西头最高的杨树下面，我在上，婢女在下。我发髻上有一支碧玉簪子。”

“可是，这也证明不了什么？”何敞说。

“天亮后，他会来自首的。”苏娥匆匆说完，立即离开。

院子里的公鸡叫醒了何敞，也叫醒了住在隔壁的龚寿。龚寿满脸惊慌，刚才做的梦还历历在目：苏娥蒙着头，又来找他。这次，苏娥没有凶巴巴地咒骂他，而是对他说，她和婢女都在刺史面前告了状，刺史说，让他早晨赶紧去自首，这样可以留下他儿子的命，否则满门抄斩。

龚寿反复掂量，最后决定去向刺史自首。

“二十年前，因为一个贪念害死两个人，二十年来，恶梦不断。今天，该了断了。”他穿衣服的时候，心里想。

酒鬼秦巨伯

六十岁的老头秦巨伯，是个酒鬼，爱喝烈酒。楚国的酒度数高，所以秦巨伯常常从宋国跑到楚国去，喝完酒，踏着夜色从楚国返回宋国。

秦巨伯有两个孙子，十四五岁，长得高头大马，浑身蛮力。这天夜晚，秦巨伯刚跨进宋国地界，两个孙子突然出现在他面前，扑上来就是一顿痛打，一边叫喊着："让你每天喝，喝死算了！"秦巨伯一听，就知道是家里老太婆吩咐的。烧酒让他身体瘫软，"索性装死吧"。他停止反击，倒在地上，像死了一样一动不动，任凭两个孙子在他身上拳脚相加。"真打死了？""那就走吧。"他听见两个孙子说，然后脚步声慢慢消失了。

秦巨伯鼻青脸肿地回到家里，家人正为他一夜未归焦急，两个孙子垂手站在一旁。"爷爷，谁打你了？"一个关切地问。"告诉我们，我们去揍他！"另一个愤怒地说。秦巨伯没有理会他俩，问老太婆："你没有让他俩去找我？""黑天半夜的，怕孩子认不得路。”老太婆带着歉意解释。秦巨伯心里明白过来，“好了，这件事就过去了，是我不小心摔成这样的。”他轻描淡写地掩饰道。

第二天，秦巨伯拜见了一位酒友，是宋国的御用方士。

几天后的一个夜晚，秦巨伯酒后从楚国回来，脚步踉踉跄跄，看上去一阵风就能把他吹倒。他刚跨进宋国地界，两个孙子突然出现在他面前。等他们靠近，秦巨伯突然亮出一把短剑，快速刺出，一人刺了一剑，两个孙子随即倒在地上。“哼，两个鬼孙子，看我怎么弄死你们！”秦巨伯一边骂着，一边把他们装入准备好的袋子里。

秦巨伯扛着袋子走出一截路，看见路旁有一堆干柴。他停下，把袋子扔在一边。点着火，火焰很旺、很高，秦巨伯把袋子扔了进去。木柴燃烧发出“噼噼啪啪”的声音，秦巨伯听着很享受。

秦巨伯把烧死“鬼孙子”的事告诉了方士，方士问他纸符烧了没有，他这才想起，方士给过他一张纸符，并告诉他，一定要把纸符一起烧了。“莫非这两个鬼孙子没被烧死？”秦巨伯愤愤地问。方士点头。

一个月后的一个夜晚，秦巨伯又假装醉酒，一脚深一脚浅地跨进宋国地界，他想彻底消灭掉那两个“鬼孙子”。等了很久，周围没有任何动静，他准备一直等下去。

终于，拂晓时，路上急匆匆走来两个人。秦巨伯定睛一看，是那两个“鬼孙子”！他挺剑就刺，“爷爷，爷爷”，叫声中两人倒在地上。秦巨伯兴冲冲向前踏上几步，却怎么也抬不动倒在地上的两具尸体。

一会儿后，老太婆赶来，看着躺在地上的尸体号啕大哭。

原来，老太婆见秦巨伯深夜未归，生怕他再遭不测，赶紧吩咐两个孙子出来寻找。不料，秦巨伯把自己的亲孙子当成了“鬼孙子”，两剑毙命。

宋定伯遇鬼

只要是阴雨天气，南阳私塾先生宋定伯就不由得要给学生们讲故事，他讲得最多的是下面的这个。每次，他都讲得非常认真，好像那夜的情景就在眼前。

“那天夜里，我从孔明村回南阳，一个人走在路上，总感觉后面跟着个人。但几次回头，除了地上的影子，什么也没有。拐过一个弯，我藏了起来，一会儿后，就见一个人也拐了进来。这人走路飘飘忽忽，喝醉酒的样子，他看不见我，急忙停下四处张望。我猛扑过去，想吓他一跳，可没想到，他倒把我吓了一大跳。

“我扑过去看见的，根本不是人，是鬼！这家伙个头和我差不多，披头散发，脸上竟然没有鼻子，两只眼都是眼白，没有眼珠，嘴歪长着，黑嘴唇翻出来，也看不见牙齿。他走风漏气地问我：‘你是人是鬼？’我回说：‘我是鬼。’‘那你怎么还是人的样子呢？’我一时语塞。想想，说：‘我是新鬼的缘故吧。’‘怎么称呼你呢？’我赶紧换个话题。‘我活着时名叫谈生。’‘你要去哪里？’我问。‘不知道。’谈生说，口气变得充满忧虑，‘你要去哪里呢？’‘去南阳。’‘去南阳干什么？’‘南阳赶集，去凑凑热闹。’谈生沉默下来。‘想什么呢？’我问。‘唉。’谈生叹口气，‘我一直在找一个人，可是怎么也找不到。’‘找谁呢？’我很好奇。‘找我的妻子。’谈生吐出最后两个字时，声音竟变得有些哽咽。

“我们沿路朝着南阳方向走，谈生一边咧着黑嘴唇，一边走风漏气地讲他的故事。

“他说：‘我活着时，是个读书人，喜欢读《诗经》，尤其喜欢里面歌颂爱情的诗篇。我常常在深夜的田野上，对着星光和草木高声朗诵。孔明村的老人们看不惯我的行为，他们诋毁我，说我的坏话，因此，没有人上门给我说亲。我四十岁还是单身一人。但我有我的《诗经》，我经常彻夜不眠，朗诵那些动人的诗篇。终于，一个深夜，一个美丽的女子出现在我面前。她说，她路过这里，听到了我的朗诵，被我的朗诵感动，她愿意留下来做我的妻子。但是，她提出一个条件，三年内，她只能夜里来陪我，而且不能用灯光照着看她。我非常激动，亲吻着那本快要翻烂的《诗经》，流着泪全部答应下来。’

“他继续说着，他的故事强烈地吸引了我，我需要集中注意力才能听清他说的每一个字。‘我把她带回了家。从此，我们过上了夫妻生活。她叫依红，是大户人家的女儿，但她不告诉我她家在哪里。依红琴棋书画样样精通，我们在家里缠绵悱恻，在田野上弹琴吟诗，过着神仙般的日子。然而，这样的日子，竟亲手毁在了我的手上。’

“我边走边听谈生讲他的故事，不时被路面突出的石块绊一下，谈生就友好地伸过胳膊来扶我。他走路身体飘飘忽忽，好像一点也不费劲。我习惯了他的声音，他的讲述也变得清晰起来。

“‘日子很快过了两年，有一个夜晚，依红睡着了，我突然产生了一股按捺不住的欲望，想完整地看一眼她的整个身体。无数的夜里，我拥有她的肉体，却从来没有目睹过她的肉体。我取出火石，颤抖着打火点灯。灯盏放在炕前的衣箱上，灯光照亮了小小的屋子。我看到熟睡中的依红，她呼吸均匀，一张白皙的瓜子脸上眉目清秀，黑发有些乱，衬着这张脸，看上去像一幅画。我听见自己的心怦怦跳着，听见自己的呼吸急促。我把被子缓缓地一寸一寸从她的身体上往下褪。我看到了想象中的肉体。褪到腿部时，我惊骇地叫了一声。叫声惊醒了依红，但她脸上现出的不是羞怯，而是惊恐和绝望。灯吹灭后，依红说出了真相。原来她已死去多年，遇到我她有了复生的可能。三年中，她身体上的肌肉逐渐恢复，但灯光毁灭了她的希望。’谈生泣不成声。‘你看到了什么？’须臾，我好奇地问。‘我看到她的两条腿还是骨架！’‘后来呢？’‘后来，她消失了。

第二天夜里，我醒来，发现原来她躺的地方，留下一件缀满珠宝的五彩锻衣。’

“我们沉默着继续朝南阳方向走。我以为他的故事结束了，却不料他又开口了。‘没有依红的日子我没法过，《诗经》也失去了魅力，我无所作为，以致身无半文，几近乞讨为生。最后，我把五彩锻衣上的珠宝变卖掉酗酒买醉。一天，官府的衙役找上了门，把我扭到公堂上。公堂上，一对老者告发我，说我盗了他们女儿的墓冢，因为我变卖的珠宝，是他们女儿的殉葬品。我问他们的女儿叫什么名字，他们说叫依红，我顿时明白了一切，我当即认罪。我突然有了希望，如果我也死了，就可以找到依红了。我在牢房里不吃不喝，活活饿死了自己。因此，我死后，得到惩罚变成了现在的模样。’

“我等他继续说下去，他却闭上了嘴，很长时间一言不发。‘那你找到依红了吗？’我禁不住好奇心驱使，又问。他摇摇头。这时，我们已经走了很长时间的路，我开始犯困。我们在路旁一块大石头上坐定，借着星光，我怎么也不能把那个朗诵《诗经》的书生，与眼前这个没有鼻子的丑鬼联系起来。我心里喜欢那个书生，非常厌恶眼前这个丑鬼。

“天有了亮色的时候，我突然想，该摆脱这个丑鬼了。老师爷教过我几句驱鬼的咒语，我心里默念了一遍。路上，几个羊贩子赶着一大群羊，从我们身旁经过，他们要去南阳郡或更远的市镇上把羊卖掉。我念完第二遍咒语后，丑鬼的身体已经缩成一团，趴在地上，一滚滚进羊群变成了一只羊。他头朝着我，极不情愿地被其他羊推搡着向前移动。随后，我跟着那几个羊贩子进了南阳城。”

书生韩重

韩重被吴王夫差召见，站在朝堂上，他感觉有一双火辣辣的眼睛，在暗处一直盯着他。召见结束，他跟着差役快要接近皇宫的大门时，被后面追上来的另外一个差役叫住，说吴国最小的公主紫玉要召见他。

韩重又往回返，却没有沿原先的路走，而是拐进了一座花园。花园门口，差役换成了女婢。韩重身材高大，进拱门要弯下腰来。花园里香气袭人，花畦之间用竹子隔开，远远就听见一个女子朗读诗文的声音。

公主紫玉停止了朗读，笑盈盈地招呼韩重坐下，有女婢端上冒着热气的茶。绿色植物搭成的凉棚，挡住了头顶的阳光，凉风不时穿过枝叶，但韩重感觉浑身燥热。传说中，公主貌美如仙，喜好作诗赋曲，深得吴王宠爱。他不敢抬头直视公主，只是在接过茶杯时瞟去一眼。公主的美貌让他吃惊，让他在一瞬间生出强烈的渴望。

“刚才，在朝堂的屏风后，我一直看着你，心里涌出几句诗，现在想唱给你听。”公主对韩重说。韩重慌乱地点点头。公主的头微微抬起，望着天空唱道：

南山高啊栖息着一只俊美的鸟，

花园里啊张开了温暖的罗网；

如果那只鸟儿飞去了远方，

罗网啊含着泪水无限惆怅……

晚上，公主留韩重过夜。韩重在激动与慌乱中度过了一个难忘的夜晚。

韩重是平民子弟，年轻好学。这次吴王在全国选拔五名青年，欲派往齐、鲁各国学习占卜之术，他有幸被选中。让他没有想到的是，平生第一次步入皇宫，竟被公主紫玉看中。一夜之间，两人私定终身。

“这让吴王知道了，会被满门抄斩的！”韩重被女婢从后门送出皇宫，一路上忐忑不安、十分害怕。

好在第五天，他奔赴齐国。临行前，紫玉提议让韩重的父亲进宫向父王提亲。韩重不敢，紫玉说她会在父王面前求情。韩重忧心忡忡地离开吴国。

三年后，韩重回来，被吴王夫差命名为吴国方士。韩重惦念着紫玉，他从皇宫出来，直奔家中。父亲老泪纵横，对韩重说："你走后，我求见吴王，代你向紫玉求婚。吴王一听，立刻变了脸色，怒斥我一番。把我赶出皇宫，罚我苦役两年。期满回来，听到消息说，紫玉已抑郁而亡。"韩重听了，强忍心中悲痛，急忙安慰老父："你为我受苦了。刚才，吴王召见了我，并未提到此事，与我交谈时也未见异样。看来，紫玉之死，他不知是因我而致，父亲大可放心。这次回来，我已得到任命，以后的日子，儿子会加倍尽孝于你！"

韩重打听到紫玉的墓冢，在南山的皇陵。这天午后，他一个人来到皇陵。他站在房子一样高大、气派的墓冢前，想起与紫玉度过的几个日日夜夜，恩爱的情景历历在目。他不禁悲从中来，扑在墓碑上号啕大哭。

"紫玉，紫玉，是我害了你！"韩重边哭边说。

"韩重，你终于回来了！"

泪眼恍惚中，韩重看见一个影子从墓门出来。他停止哭泣，认出是紫玉。

两人相拥，韩重感觉紫玉的身体冰凉。韩重讲述了他在外求学的经过和对紫玉的想念。紫玉说："你现在已是方士，可以作法与我同居墓冢，我愿与你再续夫妻之情。"

"不可。"韩重松开拉着紫玉的手，"我是你父王任命的吴国方士，只为他与吴国服务，不能为自己逾越规矩。"

"你好狠心啊！"紫玉痛苦地呻吟道。接着，她退后几步，扶着墓碑，头微微抬起，望着天空唱道：

南山高啊栖息着一只俊美的鸟，
花园里啊张开了温暖的罗网；
如果那只鸟儿飞去了远方，
罗网啊含着泪水无限惆怅。

我多么想变成一只鸟追随着你，
可无可奈何啊匍匐在地上。
望着你越飞越远没有了踪影，
罗网啊内心凄凉伤心绝望。

我就是那张绝望的罗网，
因为你的离去腐烂在地上。
当那只俊美的鸟儿飞了回来，
罗网啊已经是一团泥土空怀渴望。

想那鸟中之王美丽的凤凰，
失去了丈夫终日泪如雨下。
雄凤凰展翅环绕在她的周围，
美丽的凤凰形单影只继续飞翔。

你是那只俊美的鸟飞了回来，

我是罗网要从泥土中奋力显形。

你的哭声倾诉失去的悲伤，

罗网啊她的柔情蜜意永远在等待。

五天后，韩重不得不离开紫玉。紫玉取出一颗枣子大的夜明珠，递给韩重："你我虽生死相隔，但名分上已是夫妻，如果你愿意，可持此信物，去见父王，说明你我夫妻之名。""愿意。"韩重回答。

韩重手持夜明珠拜见吴王，把他与紫玉的事情原原本本讲了一遍。吴王听罢大怒："你竟敢胡编乱造，败坏公主的名声。"转身吩咐兵士，"拉出去斩首示众！"

不料，韩重却大叫道："且慢。"他讲了下面的故事。

故事的主人公是一个青年学子，他叫辛道度，年方二十，陇西郡人。那年秋天，辛道度去雍州游学，走了整整一天，在离雍州城还有四五里路时，一阵强烈的饥渴感袭来。他停步，往四处张望，看到路旁隔着一片树林有一户人家。

这户人家的房子修得很讲究，门上雕着树枝和鸟鹊，窗户格子用的是上等木材。门前站着一个婢女，衣着整齐干净。辛道度跟着婢女进了屋子，女主人容貌艳丽，态度友好。吃过饭，困意渐起，他被安排躺在里屋。醒来时，他惊讶地发现，身旁躺着那位艳丽的女主人。

辛道度在这里逗留了三天。原来女主人是秦国公主，秦闽王的女儿，尚未婚配就因病而亡。公主愿意嫁给辛道度，并说三天后可带信物去父王前申明身份。公主送给辛道度的信物，是陪葬的一块砖头大的玉枕。

辛道度被婢女送出来，他留恋地注视着关上的屋门。少顷，屋子隐去，现出一座墓冢，墓碑上刻着“秦国公主之墓”。

辛道度捧着玉枕来到秦闽王面前，并对秦闽王说：“我已与公主私定终身，我决定一生不娶，行丈夫之名。”秦闽王答应了。

此事在秦国朝野上传开，人们无不赞叹秦闽王开阔的胸襟。随后，辛道度被封为驸马都尉。他信守诺言，秦国灭亡后，他躲进深山直到老死。

韩重一口气讲完上面的故事，说：“吴王，您决定吧。”

韩重被封驸马，继续任职吴国方士。他像辛道度一样，一生信守诺言。

张汉直讲调皮鬼

东汉大学者延叔坚，官至京兆尹，但人到中年，竟不得不因病辞官，在家办起学堂。南阳青年张汉直慕名拜延为师，专注于研读《左氏春秋》。延氏门下，青年人居多，茶余饭后，大家就开始嬉戏神侃。

这天，张汉直没等别人提出话题，抢先说道："今天，我给大家讲调皮鬼的故事。如何？"大家鼓掌欢迎。张汉直受到鼓励，绘声绘色地讲起来：

"我有一个同乡好友费季，他年长我几岁，已经成家。我们曾经一起游学山东，他研读《论语》，很有建树。一天夜里，我们聊天，他说，他离开家时，问妻子索要信物，妻子随手从头上抽出一支玉簪，送给他。他看玉簪碧绿碧绿的，十分喜爱，怕拿在身上不小心碰碎，就悄悄地放在门楣上。他说这话时，屋子的暗处藏着一个调皮鬼。他听了这话，连夜跑回到南阳费季家中，打扮成书生的样子，到费季妻子的梦里，哭述说费季死了，费季让他回来报信，还说让费妻到门楣上取回自己的玉簪。早晨，费妻果然从门楣上摸到了玉簪。她号啕大哭，把消息告诉了公公婆婆。因此，一年后，我和费季回到南阳，费家上下都把费季当成了鬼。要不是我出面做证，他连家门也跨不进去。”

“不好听，不好听！”一个同学故意起哄。

“再讲一个，再讲一个！”另一个同学嚷嚷。

接着，张汉直继续讲道：

“我们南阳郡虞主簿，年纪不大，长得一表人才。离郡府不远的街上，有一大户人家，姓苏，主人苏公经营布匹。苏家小姐长得俊俏，官家子弟都想娶她为妻子。这天黄昏，苏家大门响起敲击声，仆人开门后，迎面进来的竟是虞主簿。苏公急忙迎接，连称稀客，赶忙吩咐厨房备好上等饭菜。酒后，虞主簿说自己身体疲乏，要在苏府过夜。临睡，虞主簿提出，让苏家小姐过来作陪。苏公面现愠色。虞主簿说，日后愿意娶小姐为妻。苏公一听，内心欢喜，就从了虞主簿。但第二天，虞主簿离开后，有一个多月，再没有登过苏家的门。苏公不高兴了，几步就来到郡府。苏公与南阳郡太守素有交情，寒暄几句就说明来意。主簿被喊了过来，礼节性地对苏公点点头。苏公问最近为什么没有去见小姐。虞主簿满脸疑惑，说虽然知道苏家小姐大名，却从未谋面。苏公立刻变了脸，把那天的事当着太守的面抖了出来。虞主簿一直摇头，等苏公怒气冲冲地数落完，主簿对惊在一旁的太守说，‘绝无此事，我敢对天发誓’。事后，太守安排方士去苏家勘查，才弄明白是鬼怪从中捣乱。不过，苏公却不依不饶，死活要把女儿嫁给虞主簿，而虞主簿却坚持不娶。”

“后来呢？”

“后来，我离开南阳，情况就不知道了。”

“唉，要是我就娶苏小姐了。”先前起哄的那一个同学说。

“天还不晚，再讲一个吧。”有同学提议。

接着，张汉直又讲道：

“这是发生在我身上的事。我来京城已经三年，去年秋天，我回南阳，街上的熟人见到我，满脸惊恐地跑开，有的还惊叫着‘鬼，鬼’。我一回到家，父亲就厉声呵斥我，不要大白天出来吓唬人。我莫名其妙，申辩说自己是人怎么会是鬼呢。我越是申辩，父亲就越是气愤。最后，父亲竟拿起菜刀向我猛砍，我躲闪不及，被砍伤了胳膊，一时血流如注。父亲见到血，才扔掉菜刀，抱住我放声大哭。事后我才知道，三年前，我离开南阳不久，就有人给父亲托梦，说我死在路上了，临死前，吩咐托梦的人告诉父亲，欠着李幼家一头驴的钱，欠隔壁王家买种子的钱，等等。第二天，父亲逐户去问，果然不虚。于是，父亲相信我客死异乡，逐渐邻里乡人也认为我死了。我知道，这又是原先捉弄过费季的那个调皮鬼在作怪，可我们拿他有什么办法呢？”

“鬼怪其实并不可怕，不过是人的另一种存在方式。”张汉直总结道，“睡吧，明天我还要早起烧饭呢！”

衙役范丹

范丹十八岁，身材颀长，一脸书卷气。父亲变卖了家产，用换得的钱在县府给他买了个官差，但事先却没有与他商量，范丹知道后，死活不从。此刻，父亲又在央求，说范家祖祖辈辈当农民，期望从他开始能换个活法。说着，父亲老泪纵横。范丹见状，从凳子上起身，拍拍父亲的肩膀，说："好吧，我去。"

陈留郡外黄县年轻英俊的衙役范丹在进入县衙半个月后，调为尉从佐使，专门负责衙门间的书函往来送达。他骑着官家的高头大马，往来于宽阔的官道上。"范丹有出息了！"邻居对范丹的父亲说，父亲为自己孤注一掷的做法庆幸，但范丹心里却并不这么想。

秋天，陈留郡雨水泛滥，紧贴山腰的官道，经常被洪水冲垮。这次，范丹下定了决心。他选择一个阴云密布的天气出发，行到山道高处时，大雨果然倾盆而下。他快速穿过危险路段，停下，脱掉外衣，连同衙门专用的公文包袱，一起扔进雨水中，然后猛地把马匹推下路边的坡地。他跪在雨地里，仰头祈祷："山神，雨神，请告诉我的父亲，我已被洪水卷走。"

范丹的父亲在痛哭中醒来，梦里，山神告诉他，儿子在昨天的暴雨中丧命。早晨，他跑到县衙，看到儿子的坐骑拴在院子里，两条前腿绑着白布。主簿迎出来，后面跟着一个衙役，双手捧着湿漉漉的衣服。"从山里找回来的，只是没有找见范丹的尸体。"主簿解释说，"不知冲到哪里了，也许被山里的狼虫虎豹叼走了。"主簿叹口气，"把范丹的衣服拿上吧，留个念想。上午再来，把这个月的俸禄取走。"

范丹再次回到故乡时，已是十三年后了。范丹找到苍老的父亲，叙述了多年前发生的事情。他说，他厌恶做官吏，他想做学问，于是，他制造了十三年前的那场死亡。十三年里，他游学四方，遍访名师。如今，他在京城最大的一家私塾里做先生。上月，购得私宅，希望父亲同去。

范丹离开故乡时，恰逢又是雨天。父亲拒绝了他的请求，他一个人骑着马踏上了山道。

夏日蝉童

南方盛夏的夜，人们燥热得难以入睡。院子里桑树上，蝉使劲地叫，像受了惊一样。建安府衙役刘优的妻子，在黑暗中傻笑。刘优观察妻子很久了，妻子只要听到蝉叫，就会表现得很兴奋，问原因，她只是照旧傻笑。建安郡太守朱诞学富五车，无所不晓，刘优就请教于他，朱诞思虑半天，也想不出所以然来。不过，他给刘优出主意，“藏起来，看她一个人时，有什么异常。”刘优决定，第二天就照太守说的办。心里有了数，刘优在蝉叫和傻笑中渐渐入睡。

第二天，刘优出门后，悄悄从后门返回院子。他藏进靠南墙的干柴垛里，闷热难当，这让他立刻变得烦躁不安。从干柴的缝隙望出去，院子里一览无余。太阳升高，阳光一照到桑树上，桑树上喊了一夜的蝉就又叫起来，不过，数量明显少了许多，声音也弱了不少。妻子坐在院子里洗衣服，不时朝桑树看上一眼，刘优也跟着看看桑树。过了许久，树上没有发现任何异样，这时，刘优已经浑身是汗。

突然，妻子开始对着桑树傻笑，桑树的方向发出一个孩童的笑声。刘优凝神观看。

“今天这么晚才来啊？”妻子笑着高声喊。

“嘻嘻，嘻嘻……”树上的孩童只是笑，并不回答。

刘优从地上摸起一块石头，突然推开柴垛，用力向桑树上的孩童掷去。

“哎呀！”孩童大叫一声，从树上跌了下来。不过，他身体还未着地，就在半空中变作一只蝉，麻雀那么大，翻几个身，越过院墙逃之夭夭。

刘优把事情的经过告诉了太守，太守却不相信：“你不是眼花了吧？”

发生了这件事，妻子神志恢复了正常，好像那块石头砸醒了她。

这件事过了很久，刘优几乎要把它遗忘了。一天，刘优公干从城外回城里，穿过一片树林。前面有两个孩童边走边聊。

“最近不见你出来，有什么事吗？”一个问。

“在家养伤。”另外一个回答。

“怎么了？”

“被石块砸伤了。不过，太守家房梁上的膏药很管用，敷了一个月就好了。”

刘优快步跑上前，拉住那个受伤的孩童，孩童转过头来，吓得刘优立刻松开了手。两个孩童趁机迅速闪进了树林深处。原来，那孩童的肩膀上还顶着一颗蝉的脑袋。

回到城里，已是晚上。刘优径直到了朱太守家，对太守说："我先说一件事，是发生在你家里的，如果说对了，你就要相信我接下来说的事。"太守没有完全听懂刘优的意思，但他还是点点头。

"你家房梁上放着治伤的膏药。"刘优说。

太守点头。

"近日里，膏药用去不少，但你根本不知道。"

太守摇头，吩咐仆人搬来梯子，取下来。膏药外面的布包完好无损，刘优力主打开，布包打开，里面的膏药果然用去不少。

"去年放上去的，谁也没有用过呀？"太守看着膏药自言自语。

刘优把树林里听到的话说了一遍。

"蝉也能成精变化，我还没有听说过。"太守说，"不过，这样的精怪如果不伤害人，我们大可不必去伤害它。"

刘优离开太守的家，往自己家的方向走。"如果再遇到蝉童，我要和它好好聊聊，真想知道它们是怎么回事！"刘优想。

倪彦思与狐狸精

倪彦思是村里的大户，以打制和出售农具为业，雇着十几个工匠。他大腹便便，举动笨拙，对工匠们非常刻薄，工匠们对他也颇为不满。这天晚饭后，一个鬼妹悄悄潜入倪家，这时，倪彦思正用热水泡脚。鬼妹躲在暗处，低声说：“主人好，我是一个鬼妹，你不要害怕。我四方漂泊，想在你家暂住几日。我不需要吃喝，但可以探听到工匠们对你的议论。”倪彦思开始有些惊慌，但听到最后一句，便赶紧回答：“可以的，你出来，让我看看。”鬼妹现身，个头不高，尖嘴猴腮，像只狐狸，看上去倒也不令人害怕，只是感觉有点虚幻。

第二天，鬼妹就给倪彦思送来了情报，他才知道工匠们对他的意见有多大。他一个个单独约见，把他们背后说的话兜出来，工匠们吃惊之余，表示以后要少说多干。鬼妹立了头功，让倪彦思很得意。但鬼妹第三天提出的要求，让倪彦思坚决不能接受。“主人，我看你家小公子长得喜人，我尚未婚配，不如把我娶了，成了你的儿媳妇，长期待下来，也好为你服务。”

鬼妹说。“不行。”倪彦思马上回绝。晚饭时，倪家厨师发现，所有的米面、熟食里，都搅进了人的粪便。

倪彦思十分生气，只有他知道其中的缘由。他顾不得料理家中的混乱场面，备辆马车，悄悄驶出院子。早晨，马车回来，车里多了一个人，这个人是嘉兴境内最有名的方士诸葛稻。诸葛稻年过五旬，身体瘦长，一袭青布长衫，下巴蓄着五寸长的一绺白须。诸葛稻手持罗盘，在院子里转了一圈，心里有了打算。他刚把朱砂、纸符等物品准备停当，鬼妹立即把一壶尿液倒在上面。诸葛稻挥动桃木短剑刺向鬼妹，鬼妹一闪，他一剑刺空扑在地上。一人一鬼在院子里，你追我躲，一会儿的工夫，把院子弄得乱七八糟、尘土飞扬。末了，诸葛稻告输，连早饭也没有吃，就急着离开。

倪彦思的朋友茅思，在嘉兴府任典农一职，掌管全郡官用粮食的收支。这天，他正好有事来到倪家，见到院子里的样子，问倪彦思是怎么回事。问明情况，茅思兴冲冲地说：“这是狐狸精在作怪。别慌，我有办法。”“什么办法？”倪彦思忙问。“好你个贪官茅思，仅昨天就偷走官粮二十石，藏在表兄的粮仓里。”鬼妹突然出现，冲茅思大喊。茅思一听，变得惊慌失措，“刚才，是我胡说，我没有办法。”说完，顾不得与倪彦思打招呼，也逃了出去。

倪家胆战心惊地过着日子，工匠们陆陆续续离开倪家，另谋生路。倪彦思无限后悔当初的那一闪念。

农夫谭贵

魏黄初年的夏天，夜风吹拂，顿丘县的古道上，年轻的农夫谭贵遇到了一只怪兔子。这天他骑着马，他从舅舅家借到的办婚事的银两，正沉甸甸地揣在挎包里。他心情愉快，嘴里哼着小曲，马蹄在土路上溅起轻微的尘土。突然间，一只兔子挡在了他的面前。

这是一只怪兔子：大小与普通兔子无异，毛发发白，白得晃眼，像刺猬一样根根尖锐，让人不敢触碰，两只眼睛如桃子般大，但没有鼓出来，而是像镜子一样平整。谭贵从兔子的两只眼睛里，看见骑在马上的自己。

怪兔子拦在马头前，马匹没有任何反应，只是停了下来。谭贵却突然受到惊吓，从马背上滚落下来。谭贵掉在地上，怪兔子立刻蹭上来。这时，谭贵才看清怪兔子的嘴，没有牙齿，流着令人恶心的涎水，它凑近谭贵的鼻子，像是要把他的鼻子吞进嘴里。谭贵当场昏死过去。

一阵清风吹醒谭贵，马匹安静地站在旁边。谭贵奇怪自己怎么会躺在地上，但很快就想起刚才的一幕。他迅速朝周围环视一圈，“难道是做了一个梦？”他重新骑回到马背上，掂掂挎包里的银两，还在，他心情马上又好起来。

走了一会儿，他就看见前面的路上有个人影。他两腿夹一下马肚子，快速追了上去。前面的人听见马蹄声转过头来，谭贵张开嘴正要打声招呼，却又吃一惊，翻身掉下马来。他看到的还是那只怪兔子的脸！

这次谭贵醒来时，天已大亮，马匹还是安静地站在旁边，低头凝视着自己。他从马匹的眼睛里，看出了关切。路上还没有行人，他多坐了一会儿，直到屁股发凉。

“这只怪兔子，既不取我性命，又不取我钱财，难道只是逗我开心？”谭贵牵着马，走在下山的路上。他已经能够看见自家房屋上的烟囱冒出的炊烟，他想，“如果把今夜的遭遇告诉未婚的妻子，她会相信吗？”

曹操杀神

苏士通“五经”，善《礼记》，与清河太守蔡庸交好。一次，母亲病重，求遍名医，也不见好转，太守知道后，亲自带他来到度塑庙。该庙由太守监建，庙神度塑君也是他请来的，迎请时仪式非常隆重。度塑君感激太守，曾让太守见到三十年前死去的儿子。太守带着苏士来到正殿，先对着度塑君的塑像燃香、叩拜，然后说明来意。他们垂手站着，静候在正殿左侧的方桌旁。香燃尽时，苏士看见从塑像里走出一个人来，长相、衣着与塑像一模一样。这人径直走近方桌，坐进一张宽大的椅子里。太守再拜，苏士也跟着再拜。

“这是当地名士苏士，有事求您。”太守说。

“说吧。”度塑君的声音没有任何异样，态度和蔼。

“母亲病了，久治不愈，想请神仙出手！”苏士恭敬地说。

“你住的院子，出门望东一里地，有一座南北向的桥，桥下的河水很浅，此桥坏了多年，也无人出面修缮。你就费些钱财和精力，把桥修好，修好了，老母的病就去了。”

苏士回家后，按度塑君的吩咐修好了桥，母亲的病果然不治而愈。

几年下来，度塑庙名声远播，香火很旺。

这年冬天，曹操讨伐盘踞在翼州的袁绍所部，他知道清河郡的度塑庙存着上千匹布供。曹军长途奔袭，兵士急需布匹添加衣装，曹操派大将张郃前往商讨，度塑君一口回绝，称不愿助曹军杀戮。曹操听了，笑道："此君死期到了。"

曹操亲自带领一队人马杀向清河，度塑君知道后，急忙召集上千天兵天将阻挡。天兵天将与曹军对峙城外，度塑君见曹军杀气太浓，退回庙内。当时，苏士在庙内礼拜，度塑君急忙请他出面，去向曹操求情。苏士见到曹操，说明度塑君的歉意，曹操不予理睬。

晚上，曹军把度塑庙团团围住，然后从军营中牵出上百条恶犬，放入庙内。只听见庙里犬声震天，夹着似人非人的惨叫。声音渐渐平息下来，苏士随着军士进入庙内，庙内一切如旧，并没有想象中的遍地狼藉。但是，院子中央，躺着一个身躯庞大的怪物。曹操手指怪物，哈哈大笑。

苏士猜测，这个怪物应该就是度塑君。

筋竹院异事

临川商人陈臣素有雅兴，大宅院里种着几畦竹子，是那种实心的筋竹，所以，陈臣把这个院子干脆命名为“筋竹院”。平日他爱在竹林一边饮茶，一边逗鸟，他尤其喜欢百灵，喜欢百灵鸟干净的叫声。近日，发生在这筋竹院里的三件事，却让他很伤脑筋。

一件是关于鸟的。一个朋友送来一只鸟，羽毛短而密，纯黄，它如果站在笼子里一动不动，你会以为是一只黄金打造的摆件。他多方打听，没有人知道它的来历，叫出它的名字。一天，一个小孩叩门进来，说这只鸟叫“服留鸟”，是他不慎让它飞了出来，现在主人让带回去。陈臣不认识这孩子，问他的主人是谁，孩子用手指指天空，然后再闭口不答。晚上，陈臣吩咐仆人把孩子关在竹林。早晨，陈臣来到竹林，孩子和金鸟都不知去向。他询问值夜的仆人，仆人说夜里宅院安静，没有听到任何动静。不过，半夜时隐约有翅膀拍动的声音，仆人以为是路过的夜鸟，没有在意。

另外一件事也发生在竹林。这天下午，陈臣照例坐在竹林饮茶，突然，他面前的一根粗壮的竹子，从上到下，自己从中间破开，跳出一个人来。等跳出来的人脚落在地上，竹子又自己合上，完好如初。站在眼前的人，与常人无异，年纪在二十岁左右，年轻、精神，他先对陈臣鞠了一躬，说："我在你家竹子里借住了很久，今天要离开了，出来告诉你一声。"说完，不等陈臣作出反应，一转身消失不见，好像水消失在水中。

这两件事发生后，陈臣请当地方士解释，方士无解。

第三件事发生在厨房。早晨，厨师烧火煮饭，水倒进锅里，米放入水中，但灶火中任凭添多少干柴，水就是不开。如此折腾到早饭时间，陈臣不得已亲自进了厨房，厨师揭开锅盖，从锅里跳出一个人来，水花四溅，还没来得及看清模样，那人就一溜烟跑出门去，没了踪影。

陈臣再请方士前来。这次，方士有了解释，他说，这是大灾降临的预兆。陈臣惊恐之余，问有没有化解的法子，方士说："有。"

于是，陈臣按方士的建议，第二天就到集市上，买回百十来把刀剑，亮闪闪的，锋刃上挂着寒光。他吩咐把刀剑摆在大小道口，门厅旁、窗户下，不得让其他物品遮挡，然后召集家人、仆人，说晚上不管院子内外有任何响动，不要声张，更不要出门探看。立刻，筋竹院笼罩在一片紧张、恐怖的气氛中，胆子小的仆人出口气都小心翼翼。

夜晚降临，筋竹院所有的人都没有睡意。午夜时，人们听见由远而近有一支队伍走来，从整齐的脚步声判断，这是一支训练有素的队伍。队伍停在了筋竹院的大门前。夜深人静，院里处在紧张状态的人们，能听得见任何细微的响动。

“前面的兵士，你们先进去摸摸情况！”一个声音命令道。

院门没有响，院子里却有脚步声响起。脚步走走停停，像是在四处查看。一会儿后，院子里没有了脚步声，声音转移到了大门外。

“报告，院子里摆满了兵器，埋伏着军队。”

“行动取消，撤退。”刚才那个声音继续命令。

接着，这支神秘的队伍由近而远离开。过了好长时间，陈臣才推门而出，家人、仆人也陆陆续续来到院子里。偌大的院子里，大家一言不发、面面相觑。

三件事，似真似幻，让陈臣整日里神思恍惚。

何文除妖记

何文，名字文雅，人却粗糙得很，长得高头大马，性格外露，爱憎分明，但他心地善良，浑身透出一股逼人的正气。他家的院子不大，放上一辆牛车，留下的地方就是人走的道。他的邻居院子却很大，这里原来住着魏郡的巨富张奋。但张奋近年来生意惨淡，便把院子卖给了他的朋友程应。程应是一个官吏，刚调来做郡府主簿，家族庞大，人丁兴旺。程应很快搬了进来，院子里便整天回荡着孩子们嬉闹的笑声。

不过，近几天，这笑声却突然听不见了。早晨，何文赶着牛车出了院门，正巧程应也刚出门。程应脸色难看、愁云满面。

没过几天，程应来找何文。“这宅子有问题，大人、孩子都生病了，还治不好。我人生地不熟，有人想要的话，我可以低价卖出去。”这天程应的脸色更加难看。何文知道，这是在试探他的想法。“多少钱？”何文很感兴趣，他正发愁儿子结婚没房子住呢。

何文买下大院后，让家人继续住在小院，自己先卷上铺盖住了进去，他要看看这么大的宅子里，是何方神圣在作怪。

第一夜，他刚有睡意，黑暗中就有细小的声音，像蚊子在飞。他凝神谛听：

“天杀的，这家伙饭也不做，让咱们喝西北风？”

“耐心等几天，老婆孩子搬进来，不开灶才怪呢！”

接着，厨房里传出木头厨具与灶台摩擦的声音，“嘶啦嘶啦”的在暗夜里很恐怖。何文没有理睬，翻身睡去。

早晨，他走进厨房，厨具果然横七竖八躺在灶台上。他取下挂在墙上的篮子，把它们统统放进去，又在院子里点一把火，连篮子一起扔进火焰中。

“狗日的，烧死你们！”他愤愤地说，并用力朝火堆“啐”上一口。

第二夜，很安静。

第三夜，院子里有了响动，像有人在追逐、打闹，脚步很重，但没有说话声。何文从门缝往外望，三个身体高大的人在搬运什么东西，有时，又像小孩子一样追闹一会儿。

第四夜，何文扛一把高过人头的大刀，脚踏一张石头凳子，立在院子中央的松树下。他的高度正好能挥动大刀，削掉昨夜那几个人的脑袋。准备就绪，何文立着的姿势像一尊雕塑。

入夜，那三个小巨人又跑到院子里，一个从南墙角储存干柴的房子出来，一个从地窖爬出来，最后一个从屋子后面绕了出来，三人会合，彼此打着手势。黑暗中，何文看不清他们长什么样、穿什么衣服。他们没有意识到危险就在旁边，继续打闹着搬运东西。何文发现，他们搬运的东西亮闪闪的，从南墙角搬到地窖，从地窖搬到后院，又从后院搬回来，搬到南墙角或者地窖，他们像是没有任何目的，只是在享受搬运的乐趣。

何文铆足了劲，等小巨人路过身旁时，手起刀落，三个小巨人像充气的皮囊，“噗、噗、噗”地倒在地上。何文点亮火把，照见地上横着三截奇形怪状的树根，张牙舞爪地还在挣扎。何文趁势用火把把它们点燃，火光中，他看清地上散着黄纸叠的金砖和银圆。

“狗日的，烧死你们！”何文愤愤地说，用力朝火堆“啐”上一口。

何文一直住了一个多月，确定院子再无异常后，才让家人搬了进来。

青 牛

武都故道上有一棵古树，秦文公要开拓官道，它挡在中央。古树上挂满祈福的红色布条，当地老百姓声称这是一棵神树，砍不得。秦文公不管这些，派十个兵士前去砍伐，然而，树身像是石头，十个兵士轮流挥动利斧砍下去，火星四溅，树身却毫无损伤。秦文公到军营中，选出四十个身强力壮的兵士，亲自都督，要在夜晚来临前，解决掉这棵树。

秦文公身材高大，仪态威严，在撑开的黄色华盖下，注视着他的勇猛的兵士。然而，秦国最锋利的斧头砍下去，也只能在树身上留下一道白色的刀痕，而且刀痕在斧头离开的一瞬间就消失不见了，树身又完好无损。夜幕降临，秦文公心情沮丧，顿感威风扫地："难道我强大的秦国竟奈何不了一棵树？"

在一轮砍伐过后，一个极度疲乏的兵士，悄悄找了个阴凉的地方躺下来，不知不觉中竟睡了过去。一阵爽朗的笑声把他惊醒，他很快就明白自己睡过了头，但笑声和接下来的谈话立刻吸引了他。他轻手轻脚地循着声音摸过去，古树下，坐着两个仙风道骨的老头，一边借着月光下棋，一边聊着天：

“怎么办呢？”一个问。

“再想想。”另一个答。

显然，俩老头说的不是下棋的事。对弈几个回合后，又说：

“一个办法是告诉秦文公，准备三百名兵士，穿上赭色的短衣短裤，脸上涂上朱砂，披头散发，绕着这棵树高声叫喊。同时，让两名同样装束的兵士砍树，往斧痕上撒灰。如此，一个时辰，这棵树就倒了。”

说话的老头抬头看树，似有惋惜。他接着又说：

“最好的办法，是让秦文公依树起庙，恢复怒特祠的香火。”

另一个老头接过话：

“几百年前，这棵树上千鸟翔集，树下的怒特祠香火兴旺，方圆百里的百姓祈福求祥，要雨有雨，要子得子，盛况空前。可惜战乱让百姓遭殃，也让这棵树从庐江迁到这里。如今竟要被彻底砍掉！”

“天下事让天下人解决吧。”

突然，两个老头大笑起来，笑声让偷听谈话的兵士的耳朵疼痛难忍。

兵士睁开眼时，天已大亮。费了好长时间，他才弄明白，自己做了一个很长的梦。他回到秦文公的营帐，把梦完整地叙述了一遍。

“我选第一种办法。”秦文公不假思索地说，他抬头向上，似乎看见了兵士梦中那两个老头。

砍伐古树时的场面非常惨烈。树身流淌着发黑的液体，混浊、黏稠，晴朗的天空在兵士们的高声叫喊中，变得黯淡无光，一阵一阵的风吹过茂密的树枝，发出骇人的呜咽。整棵树，绿色褪去，树身、树枝变得干枯，像一个垂死的老人。树身倒地后，变成一头遍体鳞伤的青牛，秦文公示意让出一条道来，这头青牛看一眼秦文公，从让出的道上从容走过。兵士们的喊声停止，目送青牛从视线中消失，然后，又高呼起来。

官道修好后，周围的百姓已经忘了这棵树、这件事。但是，秦文公经常在夜里看见那头青牛，青牛哀怨的眼神让他后悔当初的选择。

关于狐狸的七个故事

与董仲舒论道

董仲舒，一代大儒，智慧超群。汉朝独尊儒术，董仲舒的讲学堂，宽敞、透亮，天下优秀学子云集其间。这天，书童撩开门帘进来，说大门外一个书生求见。董仲舒点点头，吩咐去书房接见。书生俊朗、挺拔，举止高雅，谈吐得体。两人谈古论今，不觉清茶已过十泡。时值盛夏，天气炎热，董仲舒扇着扇子，抹掉额头上的汗。

“先生，马上就要下雨了！”书生平静地说。

董仲舒注意到，书生说这句话时，竟没有扭头看一眼屋外的天气，不禁一愣。随即他笑着答道：

“是吗？住在鸟巢里的知道风什么时候刮，住在洞穴里的知道雨什么时候下。你是一只老鼠，还是一条狐狸？”

书生马上恢复了真身，是一条毛发金黄的狐狸。

“万物都逃不过您的法眼。董先生，谢谢您耐着性子跟我交谈。”狐狸说完，恭敬地对董仲舒拜了三拜，转身离开。

书生黄文侃

张华，晋惠帝时任职司空，学富五车，满腹经纶。他身旁急需一个年轻侍从，但条件是能和他交谈上一个时辰。这事被一条老狸知道了，于是老狸变成一个书生，自己起了一个名字叫黄文侃。他自荐来到张华面前。两人从老子、庄子谈起，不觉三个时辰过去。其间，黄文侃口若悬河，张华顿感自己似井底之蛙。“如此学识，非有百年修养不可。”张华想，“眼前这个年轻人，莫非是条老狸？”张华找借口离开了片刻。不一会儿，几个凶悍的军士牵着几条猎狗进来，他们说府上有异物，放狗来驱逐。几个军士故意让狗绕着黄文侃转圈，但他脸色不变，继续与张华高谈阔论。张华不得已，把他先安顿下来。

晚上，丰城县令雷焕来访，张华说出自己的疑虑，雷焕说：“猎狗只能识别百年妖物，对付千年老妖，还需找千年神木。”“可是，去哪里找呢？”“不难。丰城南山上有燕昭王的陵墓，墓前的华表木已近千年。”雷焕说，“我今夜就回去，安排截取神木，明早派人送来”。

第二天早饭后，张华邀黄文侃来到书房。书房里早准备好雷焕连夜送来的神木，神木劈成木板，立在房门正对面。黄文侃刚跨进房门，立刻就现出了原形，埋伏在屋子里的兵士也持戟出现，把他围了起来。

“张华，我见你求贤若渴，才愿意投奔你为你服务，你却三番五次要加害我。我真不明白，我有学问与才能，你管我是人是妖？”老狸毛发油亮，举止依然高雅，说话不急不缓，似乎对自己的命运并不担忧。

张华并不作答，转身离开。兵士们一拥而上，把老狸和木板绑在一起，老狸也不反抗。须臾，张府的后院腾起一股浓烟，烟气散开，味道令人恶心。

老狸先生

刘伯祖，汉朝时为河东太守，他在府上设有一单间，隔三岔五就住上一宿，家人、下属都不得擅自进入。其中缘由只有刘伯祖一个人知道，因为这个舒适单间的顶棚上，藏着一条修炼成精的老狸。他和这条老狸和睦相处，谈论天下大事、历史掌故，非常融洽。老狸和他在一起时，总是变成一个智者的样子，言谈举止合规合矩。朝廷有什么大事发生，老狸会提前告知刘伯祖，让刘伯祖早做准备，应付自如。下属有什么想法，老狸也提前告诉刘伯祖。刘伯祖在太守的位置上屡有建树，得到朝廷认可，全仗这条老狸。

这天，刘伯祖问老狸：“狸先生在饮食上有什么喜好，尽管说，我会尽力操办。”“没有别的嗜好，只是喜欢吃羊肝。”老狸回答。次日，刘伯祖买来新鲜羊肝，大厨精工细作，做得色香味俱全。老狸大餐一顿，不觉现出原形，大厨惊慌中挥刀就砍，刘伯祖在一旁赶紧制止。

几年后，刘伯祖被朝廷重用，调往京城任职，他带老狸一同进京。

刘伯祖的职位是监官，即着力调查朝廷官员的腐败情况，并直接向皇帝汇报。老狸在一天内就摸清了朝廷官员的情况，但刘伯祖听完后倒吸一口凉气。“老狸啊，官场上的事不能知道得这么多，这会害死我的！”刘伯祖说，老狸点头。“看来，我该离开了。”老狸沮丧地说。

老狸走后，刘伯祖用了几年的时间，才努力忘记了老狸告诉他的一切。

兄　弟

吴兴农夫吴大昭被一条老狸害得家破人亡。

吴大昭有两个儿子，正在田地里劳作。一条老狸变成吴大昭的样子，出现在地埂边，他先煞有介事地看看庄稼的长势，然后呵责他们耕种粗糙，甚至捡起地上的木棍，追打他们。如此反复几次，兄弟俩找母亲诉苦。晚上，母亲责问吴大昭，吴大昭矢口否认，老两口思来想去，觉得肯定其中有鬼。

早晨，母亲告诉兄弟俩，田地里打骂他们的不是他们的父亲，那个假父亲如果再出现，往死里打。干活到晌午时，老狸又来了，反剪着手，一副长者的样子。这次，还没等他开口训斥，兄弟俩一拥而上，对老狸一阵痛打。老狸尖叫着逃走。

秋天马上到了。这天，兄弟俩收完庄稼，把镰刀扔在一旁，准备稍微休息一会儿。父亲突然来了，一脸怒气，责问兄弟俩为什么偷着去赌博。兄弟俩一听，完全一派胡言，料想又是老狸出来滋事，便拿起镰刀一阵砍杀，直到老狸一命呜呼。兄弟俩在地边挖个坑，把他埋了进去。回家后，见到父亲，他们兴奋地说把老狸处死了。

“活该。”母亲在一旁听了，解气地说。

其实，兄弟俩砍死的是他们的父亲，在家里等着他们的却是老狸。原来，老狸被兄弟俩痛扁一顿后，一直怀恨在心、伺机报复。伤养好了，来到村里，找到吴大昭索要赌债，谎称是吴家兄弟欠的。吴大昭一生最恨赌博，一听两个儿子赌博，不假思索径直到了田里。这边，老狐望着吴大昭的背影，嘿嘿一笑，摇身一变，变作吴大昭的样子回到“自己”的家。

吴大昭被除掉，老狸享受着“父亲”的待遇。

一年后的一天，一个远房亲戚来访。他一踏进吴家的门，就皱起了眉头，他闻出了老狸的味道。他是一个方士。他装着没事的样子，敷衍了一天。第二天，他牵来一条猎狗，猎狗一见老狸就猛扑上去，又撕又咬。不一会儿，老狸就现了原形。方士把他绑了起来，点把火烧成了灰。

兄弟俩醒悟过来，忙着把父亲的尸体重新安葬。安葬后没几天，老大万般悔恨、不能自拔，跳河而死。老二一生在抑郁中度过。

音乐家宋大贤

南阳音乐家宋大贤一身正气，他听说西郊有一家客栈，因频频闹鬼而闲置多月，连店主也不敢在客栈过夜。“邪不压正，怎么能这样呢？”白天，宋大贤与店主商定，雇几个胆大的壮汉，埋伏在客房里，听他的号令，晚上，他要来会会这个鬼怪！

店主照宋大贤的吩咐安排好后，自己也留了下来。

这夜，月光朗照，宋大贤兴致很高，坐在院子中央，弹着古琴，不时还跟着节奏哼出几首绝句。午夜，鬼怪出现了，人的形状，只是青面獠牙、面貌可憎。宋大贤不予理睬，只顾自己弹琴，琴声变得激越，吟出的诗也变得豪放。这鬼怪没有办法，就开始嚷嚷，但声音却被琴声和歌声盖住。鬼怪在院子里跳来跳去，却不敢触碰宋大贤。宋大贤个头很高，坐在琴凳上也高出这鬼怪一头。

鬼怪离开，回来时提着人的骨架、骷髅，扔到宋大贤面前，试图惊吓他。宋大贤依然视而不见，吟诗声变成爽朗的持续的笑声，这让鬼怪暴跳如雷。“有胆咱们比试比试！”鬼怪高声叫喊。“可以。”琴声戛然而止，宋大贤推开琴身，站立起来。鬼怪立刻跳到宋大贤身上，紧紧抱住宋大贤的脖子，使劲勒着。宋大贤虽是一介文士，但并非没有力量。他双手伸到肩头后面，反钳住鬼怪的脖子，用力往前一甩，把鬼怪摔在地上。“出来吧！”他大喊一声，埋伏着的壮汉们，手持刀枪、棍棒冲到院子里，把鬼怪围在中心。“该你们干活了！”宋大贤又大喊一声。

鬼怪被打成了一摊烂泥，人们依稀看清，这又是一条老狸。

胡先生

一个清秀书生，游学来到吴地，见吴地气候湿润、民风淳朴，就住了下来。他租一个小院，配置一些桌椅板凳，挂一张牌子，开起了私塾。私塾不收任何费用，对家境贫寒者，还赠予三餐。书生自称胡先生，在吴地一待就是三年。

当地人起初怀疑胡先生的来历，但日子一长，胡先生的所作所为，令人只有敬仰与叹服。有乡绅想把自己的女儿嫁给胡先生，遭到委婉回绝。渐渐地，大家已经习惯了胡先生的存在。

胡先生免费办私塾的事情，传到皇帝耳朵，皇帝决定予以嘉奖。但是，消息传来的第二天，人们找遍吴地的各个角落，就是不见胡先生的影子。

从此，胡先生成了吴地的一个谜，谁也解不开。

若干年后的一个春天，一群年轻的书生在吴地的大山里游玩，路过一处洞穴时，他们听见里面有讲课的声音。书生们好奇地鱼贯而入，尽量不弄出响动。走过一段窄道后，眼前豁然开阔，平整的地面上，上百只狐狸有秩序地蹲着，它们面朝一个稍高的平台，平台上一只俊朗的老狐狸正在讲授《论语》。书生们听出，这是他们的胡先生的声音，他们情不自禁地跪在地上，异口同声喊道："胡先生！"

听课的狐狸们听到书生们的声音，一哄而散，瞬间逃的逃藏的藏，大厅里空荡荡的，只留下跪着的书生和胡先生。

那天，在开阔的洞穴里，胡先生给他昔日的弟子们讲了一课，讲的是庄子的《逍遥游》。但是，第二天，吴地的乡绅来到山里，准备迎请胡先生时，他们在山里绕来绕去，却找不到一处洞穴。

黑衣人

北部督邮郅伯夷，三十左右的年纪，能文能武，做事稳重、果断。他早就听说去往长沙的路上，有一个叫梅亭的客栈，夜里闹鬼。这年冬天，他终于有机会路过此处，他要去长沙探望他的爷爷，长沙太守郅君章。

他没有多带随从，不过，录事掾跟在左右。录事掾对闹鬼的事早有耳闻，因此，郅伯夷决定晚上留宿梅亭时，录事掾反对道："天色还早，再走五里，我们就可到达安排好的客栈。我们还是继续赶路吧！""我困了，正好可以住在梅亭，欣赏梅花。"郅伯夷口气坚决。

录事掾了解到郅伯夷的想法，立即安排住宿和守护。

入夜，郅伯夷把剑放在床榻旁，独坐灯前览卷阅读，桌子上的瓷瓶里插着一枝白梅，淡淡的清香弥漫在屋子里。郅伯夷默诵一遍《孝经》后，一个黑衣人站在他面前，死死地盯着他。郅伯夷冷静地观察，黑衣人面目狰狞，一块红布罩住头发，发出动物常见的"咻咻"声，试图在气势上吓倒对方。郅伯夷顺手提剑抽出剑身，刺向黑衣人。黑衣人显然在等待对方被吓倒的一刻，没料到这突然一击，来不及躲闪，就被刺中腹部。他疼痛得大叫一声。叫声一响，房门就被撞开，录事掾带着两个身体强壮的护卫冲进来。两护卫不假思索，左右各一剑刺向黑衣人。黑衣人又叫两声，倒地身亡。录事掾提灯一照，挑开黑衣人的头罩，原来是一条老狸，身上被刺开的窟窿里，冒出令人恶心的液体。

从此，梅亭再无闹鬼之说，长沙太守郅君章路过时，总要住上一宿。

老鼠、猪、鸡和蝎子

中阳人王周南任职襄邑长时，遇到几个特殊的的精怪。

第一个是鼠怪。王周南的父亲是当地方士，因此他从小耳濡目染，不仅懂得一些除妖方法，更重要的是他不怕鬼怪。“人不是斗不过鬼怪，是还没有斗就被吓死了。”他常对身旁的人说，“对付鬼怪，只要不怕，就能取胜。”

一夜，王周南奉命连夜赶写公文，一只老鼠爬出洞口，叫道：“王周南，你十天后必死无疑。”然后迅速缩回洞里。十天后，午夜，王周南被一阵啃啮声吵醒，“再过一个时辰，你必死无疑。”还是那只可恶的老鼠。王周南不予理会，翻个身又沉沉入睡。只听得那只老鼠在地上跳上跳下，折腾个没完，王周南权当没有这回事，睡得很香，不时发出鼾声。一个时辰后，老鼠趴到王周南的床榻上，声嘶力竭地叫喊：“王周南，你的死期到了！”王周南听到了喊声，却故意装着没有听见，再翻个身，咂巴咂巴嘴，发出更响的鼾声。老鼠无可奈何，气急败坏地跳到地上，一头撞向墙壁，“嘭”的一声，没有了动静。

早晨，仆人进来，发现地上死着一条老鼠，有两尺长，身体似有人形。“点把火烧了，是一只鼠怪。”王周南轻描淡写地对仆人说。

一年后，王周南赴安阳公干，距离安阳还有十几里时，已是黄昏，就住进了一家客栈。这家客栈十分诡异，店主长得低矮，身体却很宽，像一块石板，走路总是向前倾斜，像要扑在地上。房间之间隔得很远，让人觉得每间客房就是一座孤岛。王周南听说，这家客栈经常发生客人暴死的事故，所以，他住进来前做了一些准备。

入夜，突然雷声滚滚，下起了雨。王周南房间的门，“嘎吱”一声从外推开，一道闪电照见店主走进来，后面跟着两个人。三个人带着一股寒气，扑到王周南床榻前。王周南惊恐地看见，这三人肩膀上分别顶着蝎子头、猪头和公鸡头，眼睛、鼻子、耳朵和嘴里流出污浊的液体，王周南立刻昏死过去。

“真不经吓，已经没气了。”蝎子头把手探到王周南的鼻孔前 .。

“赶快收拾好金银！”猪头说。

“好吧。”公鸡头说，一边动手翻开王周南的包裹，拿走钱财。

第二天，店主惊讶地看见王周南推开房门，走到院子里，对着早晨清新的空气，朗诵了几首古诗，声音高亢激越，然后，也不与店主打声招呼，快步离开客栈。王周南再次回到客栈时，已经是下午，他身后跟着手持刀枪的军士。一会儿的工夫，军士们就把店主和店里的两个伙计绑在王周南面前。王周南下令架起柴垛，把这仨人绑在柴垛中央。“点火吧。”他轻声轻气地说。

火光中，仨人尖叫着，蝎子头、猪头和公鸡头现了出来，接着，身体也变成了蝎子、猪和公鸡。

“继续加柴。”王周南吩咐军士。

原来，入夜前王周南吞了一颗父亲留下的丸药，丸药可以让人呼吸停止一个时辰。而那一队强悍的军士，是他从安阳府借来的。

少女李季

东越闽中一带，水气丰盈，在高高的庸岭上，西北方一处低洼地，污泥积成了大片沼泽。某年，有人发现这片沼泽地里，一条碗口粗的蛇在游荡。几年后，这条蛇能把一头小鹿吞进肚子里。再后来，它开始离开沼泽，在夜里潜入附近的村子，掠走家畜和孩子。庸岭属都尉县管辖，县府派出军士剿杀这条大蛇，却陪进去几条人命。有官吏建议，在沼泽地前建庙供奉大蛇，或许可以避免攻击。工匠们胆战心惊地劳作，小庙很快建成，每月初一，焚香祭拜，送上一头新宰的牲畜。大蛇安静了半年。

小庙是都尉县令尚道奇同意修建的。一夜，大蛇入梦，开口对他讲，要送活人做祭品，而且必须是未婚少女。梦里，大蛇缠住尚道奇的身体，让他喘不过气来。他努力地点了一下头，大蛇才松开黏糊糊的身体。几天后，庸岭附近的村子相继丢失了几个孩子。接着，大蛇又进入尚道奇的梦里，警告说如不主动祭祀，事情会更糟。尚道奇无奈，拟出文告，凡是无人认养的孤儿、罪犯的女儿、私生子都属祭祀之列。每年八月初一送入小庙，等待大蛇食用。这样，大蛇又安静下来。

但是，每年一个小女孩，活生生地送进大蛇口中，这种恐怖的氛围让女孩纷纷逃离。第八年，眼看着八月初一马上就到，尚道奇却找不到一个合适的女孩。这时候，与都尉县相邻的将乐县李诞家的小女儿，却向父亲提出，愿意去做祭品。女孩名叫李季，排行老六，上面五个姐姐。父亲坚决不同意，李季说：“我已经十二岁了，应该试着做事了。从记事起，我就知道这条害人的大蛇，不知怎的，我一直想亲手杀死这条大蛇。在我心里，已经杀死它几百回了，它已经是一条死蛇了。”李诞惊讶地望着女儿，“父亲，你让我去吧，我是去收尸的。”

第二天，李诞父女俩来到都尉县府，向尚道奇说明来意。后天，就是八月初一。

李季个头不高，却像男孩一样壮实。她衣服左右腋下藏着两把三棱短刀，刀身很粗，刀尖锋利，顺着三棱设有小钩。正午时分，她一个人走进庙中，盘腿坐上祭桌。大蛇从小庙的后面贴着地面进来，发出刮风一样的声音。蛇头有车轮大，停在李季面前，一会儿，身体就把地面铺满。大蛇睁着碗大的眼睛瞅着李季，毫不设防，像是在欣赏它的祭品。李季也看着它，“完全不是想象中的样子，它要比想象中弱小。”李季想，然后迅速从怀里掏出短刀，用力刺向大蛇的眼睛。大蛇猝不及防遭到袭击，它奋力甩动头部，想把短刀从眼里甩出去，但是刀尖上的小钩死死咬住它的眼睛，它越用力眼睛越疼。顿时，暴怒的大蛇横冲直撞，撞倒庙墙、掀翻屋顶，摆动的身体抽打着周围的树木。这时，上百只饿疯了的猎犬突然出现，像黄蜂一样扑向大蛇，撕扯、吞咽。

当李季从小庙的废墟中爬出来时，她看到的是一条死蛇，血肉模糊，已经没了蛇形。

子路的剑

秋天，孔子携众弟子周游列国，来到陈国。恰逢陈国一夏干旱，地里庄稼病恹恹的，全国陷入青黄不接的困境中。弟子们建议赶快离开，孔子却坚持与国君会晤后再走。国君迟迟不来接见，有几个弟子因饥饿生病，躺在客栈里，孔子内心焦急，表面却平静如水。

孔子让子贡搬出古琴，摆在屋前开阔的台阶上，屋檐正好遮住上午的阳光，让他可以看清整个院子。他随意弹着，曲调随着心情和思绪变化，忽高忽低自然流畅。“乱弹琴，别弹了！”有人大喊。孔子抬头，院子中央站着一个彪形大汉，穿着紧身的黑衣，宽沿草帽压得很低，遮住了面孔。孔子的手指继续在弦上拨动，只是动作稍缓，琴声也低下来。

子贡一直站在老师身旁，这时，他下了台阶，走到大汉面前。

“你是谁，竟敢对先生如此无礼！”子贡生气地说。

大汉没有回答，见子贡走近，突然出拳，一拳把子贡打得跌坐在台阶上。

子路听到子贡疼痛的叫声，跑出屋子，手里握着一把出鞘的长剑。他挺剑刺向大汉，大汉躲开，俩人在院子里打在一处。子路动作敏捷，大汉的拳头和脚总够不到他的身体，但大汉也不迟钝，子路的剑也沾不到他的衣服。琴声激烈，又变得柔和。子路听见老师唱道：

物老成精，我衰它来；

物老成怪，我衰它欺。

一身正气，一柄长剑；

任尔精怪，我必杀之。

子路听老师的歌，精神大振。他发现，搏击中大汉一只手总护着草帽，生怕掉下来。于是，子路频频出剑去挑草帽。大汉开始慌乱，子路瞅准机会，尖锋一转，刺向大汉握着帽檐的手臂，大汉躲避中手掌松开，草帽掉在地上，露出一颗鱼头。子贡又是一剑，刺入大汉心脏。大汉倒在地上，抽搐中变成了一条鳗鱼，鱼身有三个人长。

孔子这才停止弹琴，站起身。子贡也从台阶上站起来，一只手捂着红肿的脸。

“清蒸吧，味道香。”孔子说，“割几大块，给国君送去。”

连续几天吃鱼肉喝鱼汤，几个弟子的病也好了。国君隆重地接见了孔子。

烧　酒

中山人狄希，以酿酒闻名，他酒坊的名字直截了当："烧酒坊"。狄希酿酒，却不喝酒，只用小勺把酒舀起来，送嘴边一抿，酒的味道和度数就心知肚明了。五里外桐乡人刘玄石，年轻气盛，嗜酒如命，远近村子的人都知道，他的酒量大得惊人。

这天，刘玄石来到烧酒坊。

"这里的烧酒天下闻名，我是慕名而来！"他自报家门后对狄希夸道。

"不敢当。不过，每一坛都材料纯正、精工细作。"狄希回应。

"都说酒是老的好，狄兄怎么看？"

"要看什么酒。"

"快来一碗，酒虫醒了。"刘玄石笑着求酒。

刘玄石端来一杯，只够喝一小口。

"怎么？我是饮酒付账的。"刘玄石不悦。

"玄石兄，这是新酿的，名叫'三年烧'，喝了这一杯，让你睡三年。”狄希解释。

刘玄石接过酒杯，一饮而尽。

“好酒，够猛。”他赞叹道。等了一会儿，狄希一直站着，并不去取酒。“真的只给一杯？”他问。

“是的。”狄希坚决地说。

刘玄石闷闷不乐地离开烧酒坊。

三年后，狄希突然想起刘玄石来，“酒该醒了吧。”他备了一坛老酒，打算去桐乡探望一下。

“玄石兄在家吗？”狄希找到了玄石的家。

屋门开了，出来一个妇女。她哭丧着脸说：“玄石失踪三年了。”

狄希先是一楞，接着明白过来。他沿来时的路返回，只是速度很慢。路过一道山洼时，他发现一条小路通向山里。沿小路进去，有一个山洞，洞口稍高，朝东。他爬进山洞，见刘玄石酣睡在一块石板上。

“该醒了！玄石兄。”狄希上前推推刘玄石的身体。

刘玄石翻个身，醒了过来。“哈，好酒，够猛！可惜只给了一小杯。”他嘟囔着。

一杯酒让刘玄石睡了三年，消息传开，没有人相信。但是，酒友们还是纷纷来到烧酒坊，要亲自尝验。“没有的事。”狄希说。

报恩四题

巫师孙登

晋国干旱，百姓匍匐在地上，祈祷上天赐雨。负责晋国地界司雨的黄龙，却只降下一场毛毛细雨。主巫孙登禁止人们饮用，因为雨水中有污秽的味道。入夜，他独自站在祭坛上，等待黄龙降临。他对着黑暗说道：“我有治疗疽疾的秘方，愿意献给你。”“先生怎么知道我得了疽疾？”黑暗中黄龙答道，声音遥远、飘忽。“从雨的气味中。”孙登说完，把准备好的竹符向上一扬，竹符像一只鸟一样，飞向空中。几天后，大雨如期而至，晋国龟裂的土地狂歌痛饮。黄龙为了感谢孙登，特别在寸草不生的石山上，凿开一眼朝下的洞穴，深不见底。人们只要对着洞穴呼喊一声“孙登”，里面就会冒出清澈的水柱，人们把水接入器皿，饮用后，可以治愈疽疾。

接生婆苏易

接生婆苏易，在庐陵一带声名远播，她也经常受到山里野兽的邀请。一个春夜，门外有动物爪子急抓门板的声音，苏易起床，开门，门外站在一头老虎。老虎气喘吁吁，让苏易想到妻子待产时焦急的丈夫。她点点头，老虎蹲下身子，她一步跨上结实、宽阔的虎背。黑暗中，她只听得耳边风声像打唿哨，她紧紧拽着老虎头上的毛发。很快，她看到了另一只老虎，大着肚子在草地上痛苦地抽搐。借着月光，三个虎仔“嗷嗷”降生。她重新跨上虎背，回家的路上，虎行缓慢，她尽情享受春夜的安详与静谧。

侍童黄雀

汉朝名士杨宝，在一篇回忆童年的文章中写道：“那年，我九岁，跟父亲在华阴山上，父亲到附近的密林中砍柴，刀斧劈入木头的声音清晰可闻。我拿一根枯树枝在地上画画，画的是动物和花草。突然，我听见一只鸟的惨叫声，声音中透出稚嫩。我循声探看，不远处，一只黄雀从空中落下，它掉落的样子分明是受了重伤，它挣扎着扇动翅膀，翅膀却不听使唤。它的上空一只鸱鸮盘旋着降落，方向直奔黄雀。我先捡块石头扔向鸱鸮，却偏离了方向，我快步奔过去，护住了已经掉在地上的黄雀。鸱鸮在头顶又盘旋几圈后，不情愿地离开了。黄昏，我双手捧着受伤的黄雀，跟在父亲后面，父亲背着的一大捆木柴，挡住了从前面刮过来的寒风。回到家里，我找来柔软的废布条，给黄雀做了一个窝。一日三餐，我把咀嚼过的饭菜喂到它嘴里。我用干净的小瓷杯盛满清水，递到它的面前。它能够飞翔时，首先落在我手掌心，对着我鸣叫。我知道，它在感谢我。大约一百天后，它已经羽翼丰满，但它迟迟不走，因为它看到了我童年的寂寞。最后，它还是飞走了。我再见到它，是我的十岁生日那天。夜里，我先是听到了熟悉的鸟的叫声，接着，一个穿着黄色衣衫的孩童站在地上，他的年龄比我还要小。他说，他就是那只黄雀，是西天王母使者的伺童，因贪玩，化作黄雀来到凡间。他说，救命之恩无以为报，今天偷着出来，唯愿我日后位列朝堂。这当然是个梦，我醒来，熟悉的鸟叫似乎还在耳边。如今，我位列朝堂，为国献力。闲着的时候，就学习鸟叫。春天，我的鸟叫声，能够唤来各种各样的鸟儿，它们盘旋在头顶。我仔细辨认，哪只是黄雀，哪个是贪玩的伺童。”

珍　珠

西周时，有一个小诸侯国隋国，隋侯能在一天之内，骑马驰骋遍他的国土。小小的国土上，没有任何奇珍异宝，宾客来访无以展示与馈赠，这让他一想起来就伤心不已。不过，问题很快得到解决。一天，隋侯在野外碰到一条被人斩成两段的蛇，随从说收回去蒸着吃，非常香！隋侯迟疑片刻，摇摇头，“蛇是灵异之物，让人把两截身体接起来！”有随从上前，立刻用白布把蛇身缠在了一起。一个月后，这条蛇来到隋侯屋子里，口中含着一颗珠子。蛇把珠子吐在地上，挺起身子，对着隋侯三叩头，然后离开。是夜，鸡蛋大的珠子发出光来，明亮而柔和，光线能够照到十步以外。

道德经

钱塘江江面开阔，船行经一片芦苇丛时，船身被水草缠住，船夫只好停船潜水处理。富阳人董昭之坐在船头，他看见一枝突出水面的芦叶上，一只蚂蚁上下逃窜，显得十分焦急。“它一定知道自己的处境，感觉走投无路了。”董昭之自言自语，伸出手让手指靠近蚂蚁，蚂蚁先是躲避，接着窜到手指上。船继续前行，董昭之看着蚂蚁从手心蹿到手背，从手背蹿到胳膊上，他渐渐忘记了心中的不快。

船靠岸，董昭之也把蚂蚁带到了岸上。“这只蚂蚁得救了，我还得继续亡命天涯。”他一边想着，一边急匆匆地离开下船的人流，沿着一条荒凉的小路走去。他对本地并不熟悉，只是凭着感觉躲开热闹的地方。时值初夏，他漫无目的地走，累了，就找一个安静、凉快的地方随便一躺。晚上，他来到一个村庄。村庄不大，古树参天，村子里的人慈眉善目。因为偏僻，这里很少有外面的人来，他的闯入受到了责疑。他只能解释说，自己迷路了。好歹安顿下来，他很快就进入梦乡。

梦里，追捕他的衙役变成一个英俊的男子，男子一身黑衣，更显俊朗、超然。他抱拳道："先生，你在江上搭救于我，我现在来向你表达谢意。""你是？"董昭之纳闷。"我是一个蚂蚁王，在你们人的眼里微不足道，但我有另外的本领。所以，请求恩人在遇难时唤上一声，我会全力以赴。"蚁王说完，引董昭之来到院子，只见黑压压一片黑衣人。"这是我的队伍，都可以调遣。"蚁王说。随后，蚁王离开，后面跟着的黑衣人秩序井然，但行动极其缓慢，用了很长时间，院子里才重归空寂。

董昭之被一阵牛叫惊醒。他躺在牛棚的干草上，看见一个年轻人牵着牛离开牛棚。早晨的阳光洒进来，刺得他的眼睛很不舒服。早饭后，村长领着一个熟悉的人来到他的面前。"这次，你还准备往哪里逃呢？"来人是富阳县府的衙役。村长说："昨天，见你行色匆匆、慌里慌张，就知不是好人，所以连夜跑到官府，正巧碰到这位公人。"董昭之叹一口气，对来人说："刘捕头，张家的火确实不是我放的。我虽与张家有过节，但绝不会纵火烧宅，把张家近十口人活活烧死。"董昭之面露悲伤，"我一介书生，从小诵读《论语》，怎会做出这样伤天害理的事？"但刘捕头不管这些，耐心听完董昭之的陈述后，他说："回富阳归案再说。"然后把董昭之的双手从背后捆在一起。

在富阳县，一个牢房关着四个囚犯。董昭之背靠着冰凉的墙壁，为自己悲惨的命运叹息。旁边也是一个书生，神经质地朗诵《道德经》。另外两个，一个沉沉入睡，一个专注地数着稻草下的蚂蚁。入夜，鼾声四起，但董昭之却没有睡意，他感觉手背是有什么东西在爬动，借着天光，发现是一只蚂蚁，他突然想到了蚁王。“蚂蚁，你能找到一个英俊的蚁王吗？请告诉他，董昭之在罹难之中。”他把嘴凑近一只蚂蚁说。说完，睡意袭来，他昏昏入睡。

董昭之醒来时，牢房里已没有别人，但牢房中央有一个洞。他马上想到，蚁王来过了。他立刻跳入洞中，摸黑走了很长时间后，钻出洞穴，来到一个奇异的地方。这里，脚下的土质地柔软、细腻，树木和花草好像全部着了一层金色，果实鲜嫩、饱满，远处还有一些低矮的屋子。董昭之信步走来，没有碰到一个人，也没有碰到任何行走的生命。但是，他听到了朗诵《道德经》的声音。在一棵枝叶繁茂的大树下，他见到了牢房里的那个书生。“那两个人跑了，我喜欢这个地方，就留了下来。”书生说。

董昭之也留了下来。

朝代更迭，转眼就是汉朝。董昭之蓄着一髯胡子，回到富阳，那个书生仍然待在原处，日日朗诵《道德经》。

义犬黑龙

入夜，李信纯实在拖不动自己的两条腿，烂泥一样瘫倒在路边的草丛里，即刻被一人高的荒草淹没，只有他的爱犬黑龙“哼哼嗯嗯”地绕着他转来转去，显得非常焦急。

襄阳的深秋，月黑风高，一只双眼冒光的麋鹿窜入了草丛，太守郑暇带着狩猎的官兵追了过来。太守站在前面，望着黑压压的一大片草丛束手无策。一个随从凑上来对太守说，放火烧。太守考虑片刻，点点头。立刻，火着了起来，火借风势迅速往南蔓延。

此刻，喝得烂醉的李信纯还在酣睡中，对就要烧过来的大火毫无觉察。黑龙更加焦躁，一会儿对着主人大叫，一会儿对着大火惊叫。然而，主人叫不醒，大火叫不停，黑龙急中生智，低头嗅着地面，竟然在不远的地方找到一条水渠。黑龙跳入水中，让浑身湿透，快速跑回主人旁边，把毛发上沾着的水淋在主人身上。如此往复，大火烧过来时，黑龙便伏在已经浑身湿透的李信纯身上。李信纯避过了火灾，而黑龙最终被大火烧焦。

太守清理现场时，发现了李信纯和黑龙。兵士用皮鞭抽醒了李信纯，经盘问，太守断定，是黑龙以身救主。

第二天，黑龙被厚葬，李信纯被判为黑龙守墓一年。

虫子不可貌相

庐陵太守庞企，五短身材，一脸憨厚，粗看像一个农夫。不过，当他穿上官服，坐到大堂上，两边立着手持棍棒的衙役，还是十分威严。但这样的时刻很少，因为在他治理下，庐陵境内路不拾遗、夜不闭户。因此，大白天里，他要么读书，要么把衙役们聚在一起，他喜欢给衙役们说古论今。

这天，他讲了一个故事：

“我的远祖是强盗，不过，只拦路抢劫，从不杀人放火，这也为庞家积了点阴德。远祖锒铛入狱后，衙役们憎恶他，给囚犯的饭本来少得可怜，到了他那里，就只能遮住碗底，当然，送饭的还要在碗里啐上一口。半年下来，一个浑身蛮肉的汉子，已经变得皮包骨头，身体缩在墙角，好像时时刻刻处在恐惧之中。

“一只蝼蛄虫的出现改变了他的命运。那是一只普通的虫子，我研究过这种虫子，它体形小，爬行速度缓慢，看上去没有什么特别的地方。但是，正如人不可貌相，虫子也是不可貌相的。一天，那只蝼蛄虫爬到了我的远祖的膝盖上，他麻木的骨头感到一阵瘙痒，低下头，就看见了它。‘蝼蛄虫，你来这牢房里做什么？’他无聊地问。‘来救你。’虫子回答。虫子的回答让他吃惊，他左顾右盼，周围没人也没有声音。‘怎么救我？’他问。‘墙角的小洞里，有上千只蝼蛄虫，快饿死了。如果你能把饭菜让出来，我们有办法让你离开这里。’协议马上达成，我的远祖渴望着外面的世界。他用水维持生命。过了半个月，夜里，那只蝼蛄虫再次爬上他的膝盖，但他已经没有瘙痒的感觉。‘洞已经挖好，你可以出去了。不过，出去后，你要想办法把抢来的东西，都还给物主。否则，你还会进来。’虫子爬走了，他摸索着果然找到了一个洞口。他没有食言，出来后，一边调养身体，一边寻找他抢劫过的人。奇怪的是，衙门竟然好像忘记了他。

“从此，我们庞家每年春夏秋冬四季，都要上街寻找小洞，祭拜蝼蛄虫。到我这里，虽然身为太守，也不忘祭拜。我想，我这个太守就是蝼蛄虫给的。”

故事讲完了，庞企问大家有何感想。

“再讲一个吧。”一个衙役这样回答。

猎户杨武

猎户杨武素有恶名。这天，他独自进山，拖着水桶样又粗又矮的身体，从前山跑到后山，连一只兔子的影子也没见着。他心里憋得慌，捡起一块石头，用力扔向一棵大树。“扑通”一声，石头掉下来，同时掉下来只小猿猴。一看，这是一只刚出生不久的小猿猴，身上还没有长出毛发，躺在草地上“嗷嗷”地惊叫。他走过去，用绳子绑住小猿猴的手脚，四脚朝天挑到一根棍子上，摇摇晃晃回到村里。

一路上，就听见身后有窸窸窣窣的声音，他凭经验判断，应该是母猿跟在后面。为了引诱母猿出来，杨武踩着凳子，把小猿猴吊在院子里一棵树上。小猿猴疼痛地叫着，母猿跳到院子里，像人一样，跪在地上，朝着杨武“叭叭”叩头，一会儿的工夫，额头就血流不止。然而，杨武并不为所动，还笑眯眯地捡块小石头，扔到小猿猴身上。小猿猴被击中，身体痛地一缩，这时，杨武就笑出声来。

母猿停止叩头，站起身，头朝树干猛撞过去，当场倒地身亡。

“哈哈，不用我动手！”杨武迈着两条短腿走近母猿。

切开母猿的肚子后，杨武发现肚子里的肠子，断成了一寸一寸的小段。

杨武继续在山里打猎，用猎物养活一家老小。

夏天，他爱在山里一潭水池边休息。这天，他一觉醒来，发现不远处的水边，躺着一条碗口粗的白蛇，身体一动不动，像在熟睡之中。猎户有一个忌讳，不伤灵蛇。但是，杨武却控制不住自己，挑一根箭镞最为锋利的箭，拉满弓，他怕一旦射不死白蛇，让白蛇记住自己的模样，又挪身藏到一块大石后面。“嗖”的一声，利箭射中了蛇头，白蛇迅捷蹿入水池中。扬武在石头后面躲了很久，确定白蛇没了踪影后，才悄悄地匍匐着身体离开。

一年后，杨武带着儿子来到水边，儿子跟着他学习打猎。“就在这里，我射死过一条白蛇。”杨武在儿子面前炫耀。晚上，一个英俊的白衣青年进入杨武的梦里，他说：“去年，我熟睡在水边，不知谁暗箭偷袭了我，今天白天，我听到你说，那个人就是你。”说着，青年撩开垂在额际的头发，额头左侧有一个明显的伤疤，“你暗箭伤人，我只啐你一口”。

早晨，家里人发现杨武没有了呼吸。

老妇人之死

邛都县城有一个孤独的老妇人，身材瘦小，膝下无儿无女，自己也无兄弟姐妹。她看上去非常苍老，六十岁的年纪就像八十岁。她走路弯着腰，腰好像天生就弯着。她从来不说话，人们也记不得她什么时候说过话。她有一间破房子，出门乞讨时，只带着一只瓷碗，碗上雕着树枝和叶子的图案。她像影子一样，在邛都县生活着。

她有一个秘密，起初没有任何人知道。她的破房子里，墙角有一个小洞，洞里有一条小蛇，老妇人乞讨回来的食物中，最干净、味道最好的那一部分，都喂了这条小蛇。小蛇通人性，经常在地上表演滑稽动作，惹得老妇人微微一笑。“这么多年了，小蛇怎么就长不大呢？”老妇人纳闷，小蛇吃得很少，身体永远那么小。“要是往大长，我哪里去找更多的食物，我这间小房子也放不下。”老妇人心想。

但是，小蛇闯了大祸后，这个秘密被全城人知道，并震怒了邛都县令。县令好马，其中有一匹白马，像是玉石雕琢出来的，人见人爱。一天上午，衙役们看到，一条足有一丈长的大蛇蹿入马厩，等他们找来刀剑，白马已经倒在草料上。衙役们开始攻击大蛇，大蛇立刻逃遁。衙役们一路追赶，追到老妇人的破房子前，眼看着大蛇蹿了进去。

县令赶来后，勒令老妇人交出大蛇，老妇人只是一个劲摇头。县令下令拆房，又掘地三尺，却没有找到蛇的影子。县令作罢，带着衙役们返回县衙。当夜，邛都县城雷雨交加，第二天，早起的人发现，老妇人死在街头。

县令知道后，心存愧疚，吩咐下面埋葬了妇人。

一夜，大蛇来到县令梦里，声泪俱下，哭诉道："你为什么要加害我的母亲，我要报仇！"县令被雷声惊醒，没了睡意。早晨，他起床出门，奇怪地看到，衙门里出入的，都是顶着鱼头或者虾头、龟头的怪人。接着，洪水冲了进来。整个邛都县城变成了汪洋大海。

后记

我的《搜神记》

《奇枝怪叶》终于写完了，于我而言，这是一次非常特别的写作体验。书里所有的故事原型，均出自一本特别的书:《搜神记》。从个人的角度，我希望它们能像一对隔世的兄弟，在血脉与品质上。

《搜神记》是一本包罗万象的奇书。它涉及人物广泛，有远古神话中的炎帝、黄帝、风伯雨司，有历史人物孔子、姜子牙、汉武帝、曹操、孙权、东方朔等，有家喻户晓的《天仙配》《嫦娥奔月》等的故事原型，著名的二十四孝中《郭巨埋儿》《卧冰取鲤》的故事也在书中，晋代以来有名有姓的神仙术士更是全部囊括其中，几乎无一遗漏。

《搜神记》是志怪小说的典范，鲁迅先生在《中国小说史略》中有高度评价。它对唐宋传奇、宋元话本、明清戏曲与小说的取材、创作都有不同程度的影响，蒲松龄在《聊斋自志》中说“雅爱搜神”，指的就是《搜神记》。它对国外的小说创作也影响深远。尤其在日本，比如芥川龙之介、小泉八云的创作，现代小说大师博尔赫斯对它也大加赞赏。

然而，《搜神记》故事中诸多篇什，存在着情节不完整、相互矛盾或叙述太过简单的毛病，这直接影响了故事的可信度、生动性和可读性。受鲁迅先生《故事新编》的启发，我对《搜神记》反复阅读、研究，然后逐一进行再创作，有的合理增加、补充情节，有的几个故事攒在一起，力求使每一段讲述独立、完整。创作的过程充满艰辛和乐趣。

虽然我没有因为这本书的写作，由一个无神论者变成一个有神论者，但是通过它，我对爱、博爱、生死等有了新的理解与体验，使我对世间万物产生真实的敬畏，即使它是一只正在地面上匆忙奔跑的蚂蚁。

创作《奇枝怪叶》的缘起，是另外一件事。我的女儿特别喜欢读书，却不喜欢读古典文学。那天，翻开案头的《搜神记》，突发奇想，便认真琢磨着改写了几个。打印出来，女儿一读，竟然感到有趣，于是，这些重写的故事竟成为她阅读原文的一个动力，也引导她喜欢上了古典文学。对于像我的女儿一样的学生读者，读这本书最功利的方法，是配上原版《搜神记》。

感谢《搜神记》的作者干宝，但愿他看到这本书稿时，不要感到恼火。也感谢我的女儿，给我灵感，愿她茁壮成长。

图书在版编目（CIP）数据

奇枝怪叶：中国志怪故事集／宋耀珍著. —北京：中国工人出版社，2018.11

ISBN 978-7-5008-6825-5

Ⅰ.①奇… Ⅱ.①宋… Ⅲ.①故事—作品集—中国—当代 Ⅳ.①I247.81

中国版本图书馆CIP数据核字（2018）第267134号

洋葱 STUDIO

智识 | 趣味 | 无用之魅

封面图片均选自唐晋老师为本书创作的《奇枝怪叶油画作品系列》，
分别为：封一，《音乐家琴高》（局部）；封二，《周文王之梦》；
封三，《男觋》《少女李季》。

奇枝怪叶：中国志怪故事集

出 版 人　王娇萍
责任编辑　宋　杨
责任校对　董春娜
责任印制　黄　丽
出版发行　中国工人出版社
地　　址　北京市东城区鼓楼外大街45号　邮编：100120
网　　址　http://www.wp-china.com
电　　话　（010）62005043（总编室）（010）62005039（出版物流部）
（010）62379038（社科文艺分社）
发行热线　（010）62005049　（010）62005042（传真）
经　　销　各地书店
印　　刷　三河市东方印刷有限公司
开　　本　787毫米×1092毫米　1/32
印　　张　10.75
字　　数　184千字
版　　次　2019年3月第1版　2020年8月第2次印刷
定　　价　45.00元